Louise Madore

D1240415

BENOÎT GARCEAU

LA VOIE
DU DÉSIR

MÉDIASPAUL

Médiaspaul est bénéficiaire des programmes d'aide à l'édition du Conseil des Arts du Canada et de la Société de développement des entreprises culturelles du Québec (SODEC).

Données de catalogage avant publication (Canada)

Garceau, Benoît, 1930-

La voie du désir

(Sève nouvelle; 72)
Comprend des réf. bibliogr.

ISBN 2-89420-110-9

1. Vie spirituelle — Christianisme. 2. Désir — Aspect religieux — Christianisme. 3. Désir de Dieu. 4. Amour — Aspect religieux — Christianisme. 5. Bonheur — Aspect religieux — Christianisme. I. Titre. II. Collection

BV4502.G36 1997   248.4   C97-941426-1

Composition et mise en page: *Médiaspaul*

Maquette de la couverture: *Summum*

ISBN 2-89420-110-9

Dépôt légal — 4ᵉ trimestre 1997
Bibliothèque nationale du Québec
Bibliothèque nationale du Canada

© 1997   Médiaspaul
          3965, boul. Henri-Bourassa Est
          Montréal, QC, H1H 1L1 (Canada)

          Médiaspaul
          8, rue Madame
          75006 Paris (France)

AVANT-PROPOS

Cet essai est né d'entretiens donnés au cours des six dernières années dans des sessions ou des retraites ayant toutes pour thème *L'évangélisation du désir*. Le souhait exprimé par un bon nombre de personnes très différentes — laïcs, religieuses et religieux, prêtres diocésains — d'avoir un texte leur permettant de poursuivre la réflexion amorcée dans ces rencontres, puis l'offre qui m'a été faite par les Éditions Médiaspaul de publier ce texte m'ont amené à croire qu'il pourrait être un livre utile.

J'ai cependant hésité à acquiescer à sa publication, parce que ce texte ne reflète qu'un volet des sessions et retraites dans lesquelles s'inscrivent mes entretiens. Car, dans ces rencontres, il y a un autre volet d'égale importance: celui d'exercices visant à faire le lien entre le thème de la session et l'expérience de chaque personne présente. Son animation est assurée par Micheline Beaulne, directrice de la Maison de la Famille à Ottawa. C'est d'ailleurs elle qui a eu l'initiative d'offrir au plus grand nombre possible de personnes l'expérience d'intériorité proposée par *L'évangélisation du désir* et c'est elle qui veille à ce que, dans mes entretiens, je me serve d'un langage simple, accessible à tous.

Ce qui finalement m'a amené à surmonter mes résistances intérieures devant ce projet de publication c'est la conviction de pouvoir mettre à la portée du grand nombre une voie spirituelle qui se dégage de l'expérience de plusieurs témoins de notre époque et qui m'a semblé, à chacune des sessions ou retraites données, trouver un écho chez beaucoup de gens qui ne consentent à trafiquer ni leur aspiration au bonheur, ni leur engagement dans le chemin proposé par l'Évangile.

À toutes les personnes qui ont vécu l'expérience proposée dans nos sessions et retraites, je dédie ce livre, en les remerciant de nous avoir tant appris sur la beauté et la fragilité du désir humain. Je remercie également mon confrère, Rosaire Bellemare, d'avoir lu mon manuscrit et de m'avoir fait d'utiles suggestions.

1

RECHERCHE
D'UNE SPIRITUALITÉ DU DÉSIR

> «[...] tu ne peux satisfaire à tes désirs
> qu'en allant jusqu'au bout, jusqu'à l'in-
> fini, mais l'infini ce n'est pas ce que tu
> croyais! l'infini ce n'est pas de t'exalter,
> de tourner autour de toi, c'est d'être vrai-
> ment une source, une origine, un com-
> mencement, un espace où tout peut res-
> pirer et s'accomplir.» (Maurice Zundel,
> *Ta parole comme une source*, p. 59)

Rien ne m'émeut davantage chez les personnes que je
rencontre, à l'occasion de sessions, retraites, cours, que
leur recherche d'une spiritualité. Surtout lorsqu'elle est
vécue par des femmes et des hommes qui ont cessé d'ap-
partenir à une religion, qu'ils ont quittée, le plus souvent
sur la pointe des pieds, insatisfaits et frustrés par l'écart
entre ce qu'ils cherchent ardemment et ce qui est offert ou
promis par le discours de la religion. Cela m'émeut profondément parce que, dans leur recherche, il me semble
entendre le cri le plus sincère du cœur humain, la prière la
plus susceptible de toucher le cœur de Dieu.

Cette recherche d'une spiritualité a son origine dans le sentiment que nous avons d'être *plus* que notre corps et ses besoins, *plus* que notre âme et la conscience de nos besoins et de nos devoirs. Nous sentons en effet qu'en nous, au-delà du corps et de l'âme, il y a une dimension plus profonde, mystérieuse et sacrée, que nous appelons l'*esprit*. Nous sentons cette dimension comme l'appel à dépasser les besoins de notre corps et les devoirs de notre âme, comme la *possibilité* en nous de *respirer librement* et de *vivre intensément*.

Possibilité de respirer librement, c'est-à-dire de se renouveler intérieurement, en aspirant du neuf et en expirant ce qui est vieilli et usé. Ce n'est pas un hasard si le mot *esprit* traduit, dans la Bible, le mot *ruah* hébreux et le mot *pneuma* grec, qui disent le «souffle». Nous sommes des êtres qui cherchons à avoir du souffle. Et toute spiritualité authentique est un *art d'avoir du souffle*. C'est sans doute pourquoi elle est tant recherchée. Nous la recherchons d'autant plus que, vivant en notre temps dans une civilisation urbaine, où les consignes et les contraintes de la vie quotidienne sont innombrables, nous devenons facilement des êtres *essoufflés,* dégonflés de nos rêves et de nos projets, souvent à bout de souffle dans le pèlerinage de la vie, presque toujours à la recherche d'un nouveau souffle.

Cette possibilité de respirer librement et de vivre intensément devrait être ce que toute religion, dans son enseignement et sa pratique, a pour mission de protéger et de soigner. Si la catéchèse, la pastorale, la théologie existent, c'est pour l'éveiller, la faire naître, la déployer, l'éduquer. Mais c'est une tâche qui demande tant de patience, de respect et d'attention. Le souci de l'efficacité, la peur devant l'affirmation de l'autonomie du sujet humain, le besoin de fournir à ses adeptes des critères d'identité inspirent le plus souvent aux diverses traditions religieuses de proposer plutôt et de développer une *spiritualité du devoir*.

La spiritualité du devoir

Je pense ne faire injure à personne et ne pas manquer de respect à l'égard de la tradition religieuse à laquelle j'appartiens, le christianisme, en disant que le type de spiritualité qui a été proposé, sinon imposé, par le discours et les pratiques religieuses, est une spiritualité du devoir. Il s'agit d'une spiritualité fondée sur trois principes. (1) Celui de la méfiance à l'égard de nos *désirs*. Ils sont nombreux et variés; nous ne savons pas où ils nous conduiraient si nous nous arrêtions à les consulter; nous redoutons qu'ils nous amènent à perdre le contrôle de notre vie intérieure. (2) Le principe de la primauté des *valeurs objectives*. «Tu dois» être juste, généreux, sobre, etc. Obéir à ces consignes apparaît comme la seule manière de surmonter la peur et la méfiance que provoque, dans la noirceur du sous-sol de notre être, la rumeur de nos désirs. (3) Le principe de l'autorité des personnes, tenues pour importantes dans ma vie — parents, enseignants, clercs —, car les valeurs objectives que *je dois* poursuivre sont, en dernière analyse, ce que les autres *désirent* pour moi; ce sont leurs *attentes* sur moi.

Au lieu de la *fidélité* à l'aspiration profonde de mon être, ce que la spiritualité du devoir m'apprend c'est la *conformité* aux attentes des autres. À la limite, elle me conduit à prétendre que je n'ai pas de *désir personnel,* que ce que je veux, en définitive, c'est le désir d'un autre ou de l'Autre. Elle m'amène à culpabiliser les désirs en moi, à exalter les vertus d'obéissance, de renoncement et d'humilité, et à croire que le critère du progrès spirituel se trouve dans la négation de ma personnalité, de mon aspiration profonde et de mes goûts.

Il y a bien des manières, dans la vie, de se rendre compte que ce type de spiritualité ne correspond pas à ce que nous cherchons. Elles s'inspirent du sentiment que nous avons de la possibilité en nous de respirer librement et de vivre intensément, qu'il serait mortel de réduire aux modèles proposés, aux attentes formulées, aux devoirs énoncés.

Dans mon cas, deux expériences de ce genre ont été décisives. D'abord, celle de me rendre compte qu'en me conformant aux attentes des autres, aux exigences d'une institution ou des personnes, je ne *change* pas et je ne deviens pas meilleur. Ce que Jésus de Nazareth dit un jour à un groupe de pharisiens — «Il n'y a rien d'extérieur à l'homme qui puisse le rendre impur en pénétrant en lui, mais ce qui sort de l'homme, voilà ce qui rend l'homme impur.» (Mc 7, 15) —, je le transpose ainsi: «Ce n'est pas ce qui entre dans l'âme, sous forme de consignes et de contraintes, qui rend l'homme meilleur, mais seulement ce qui sort du cœur de l'homme sous forme de choix.» À me conformer aux attentes des autres, non seulement je ne deviens pas meilleur, mais je prends le moyen le plus sûr de ne pas désirer devenir meilleur, puisque je choisis de confier mon bonheur à l'opinion des autres sur moi.

Une autre expérience, assez fréquente chez des personnes qui, comme moi, participent régulièrement à la liturgie chrétienne, est de prendre un jour conscience de l'écart, voire de la distance, entre ce que la prière liturgique nous fait *dire* et ce que nous éprouvons intérieurement comme *sentiment*. Elle me fait exprimer à Dieu ma jubilation, mon admiration, mon émerveillement, mon adoration; et pourtant, il arrive souvent que je ne *sente* rien de cela, que j'éprouve même parfois au contraire, dans le moment même où je le dis, des sentiments de frustration, de colère ou de tristesse. À prendre conscience de ce manque de vérité, on en vient à se demander s'il en sera ainsi durant toute la vie.

Je crois que ce sont des expériences de ce genre qui inspirent à un si grand nombre de nos contemporains de chercher ailleurs une spiritualité qui ne soit pas imposée du dehors et n'ait d'autre but que de nous apprendre à découvrir et à libérer le souffle en nous qui nous rend libres. Il ne suffit cependant pas d'abandonner la spiritualité du devoir pour trouver celle que nous cherchons, tout comme il ne suffit pas de couper les fils pour obtenir la communication sans fil. En fait, lorsque j'observe autour de moi les signes d'un certain retour de la spiritualité, j'observe, non sans tristesse, que celle que l'on trouve la plus alléchante et la plus aisément disponible est une sorte de *spiritualité du besoin*.

La spiritualité du besoin

C'est le nom le plus juste, me semble-t-il, de la spiritualité qui traite la possibilité fragile en nous de devenir libres et de vivre intensément comme dans une cafétéria on traite notre besoin de manger: *à la carte*. Dans une société où règne l'économie, le premier principe est celui des *besoins des individus*: des besoins auxquels le marché propose des choix multiples et que la réclame, sous toutes ses formes, a pour tâche de tenir éveillés et éclairés. Il n'est pas étonnant que l'on ait transféré dans la religion et la spiritualité l'attitude de l'individu devant les étalages

11

incroyablement variés et abondants, attitude dont le meilleur symbole est le geste du «zapping» devant l'appareil de télévision.

Un bon exemple de choix à la carte pour satisfaire le besoin de spiritualité est celui de la croyance en la réincarnation, adoptée par un nombre croissant de personnes de la société occidentale. Dans un pays traditionnellement catholique comme l'Autriche, nous dit-on, pas moins de 34% des jeunes de 15 à 30 ans y adhèrent. L'attrait de cette croyance, très ancienne en Orient, où elle a pourtant toujours été comprise comme un destin dont on espère être libéré, un châtiment dont on cherche à être sauvé, n'a pas d'autre raison que *le besoin d'une deuxième chance* dans la vie. Que cette deuxième chance existe ou non, elle sert au besoin qui nous tenaille d'apaiser notre angoisse éprouvée devant la mort.

Ce que j'appelle ici spiritualité du besoin est en réalité une *anti-spiritualité.* Du simple fait que l'être humain n'est pas réductible à l'ensemble de ses besoins. Ce que nous cherchons dans une spiritualité c'est qu'elle nous éclaire sur le désir profond de notre être. La différence entre *besoin* et *désir* est essentielle pour comprendre le tout premier critère d'une spiritualité authentique.

C'est à l'école psychanalytique française, notamment aux travaux de Françoise Dolto[1] et Denis Vasse[2], que nous devons la mise en lumière de la différence entre besoin et désir. Cette différence, on l'observe dans le comportement d'un bébé. Dans ses pleurs et dans ses cris, ce qui est exprimé c'est d'abord le besoin de quelque chose: d'être nourri, changé ou bercé. Mais il y a plus que cela. La preuve en est que le bébé se remet à pleurer même après que son besoin a été comblé. Ce qui est exprimé, en même temps, à travers le besoin, c'est le désir de la présence de l'autre.

Alors que le besoin est de *quelque chose à consommer*, le désir est de *quelqu'un avec qui communiquer*. Dans cette perspective, le désir se présente comme la manifestation, à travers nos besoins, du spirituel en nous.

En prenant conscience du dynamisme propre du désir, par contraste avec celui du besoin, nous en arrivons à reconnaître trois caractéristiques essentielles du désir humain. (1) À la différence du besoin, il ne peut pas être *assouvi*. Dans le désir, il y a toujours du mouvement pour aller plus loin. Il est de son essence de transgresser les limites de son objet. (2) Tandis que le besoin est satisfait par l'obtention de la chose recherchée, le désir s'adresse à l'altérité et se nourrit d'une relation à l'autre qui ne fait jamais que l'autre cesse d'être autre. (3) Enfin, toujours par contraste avec le besoin, le désir est par essence non possessif. Il doit même, pour se maintenir et pour grandir, renoncer inlassablement à la possessivité.

La recherche d'une spiritualité authentique suppose donc la conscience, sans cesse renouvelée, de la présence en nous d'un désir qu'il ne faut jamais traiter comme un besoin. La spiritualité du besoin n'est pas seulement l'inspiration dominante du *New Age*, elle s'infiltre de bien des façons dans la spiritualité chrétienne la plus traditionnelle. Sous la forme d'une quête répétée de stimulants spirituels ou d'une consommation effrénée de livres, de cours, de conférences, de sessions de ressourcement, estimés indispensables à la croissance spirituelle. Sous la forme, encore plus fréquente, d'une relation à Dieu où il est pensé exclusivement comme celui dont nous avons besoin pour vivre, pour réussir, pour grandir, ou encore comme celui dont nous avons besoin comme *fondement* de notre savoir, de notre morale, ou de notre politique.

Dans son beau livre, *La seconde humanité*[3], Maurice Bellet a fort bien montré que la voie de l'approfondissement et de l'intensification du désir représentait la manière la plus efficace de renoncer aux premiers principes du système sur lequel la vie sociale est présentement fondée. Le système est celui de l'économie et son tout premier principe est le désir, que la publicité a pour tâche d'éveiller, de maintenir et d'entretenir, et qu'il vaudrait mieux appeler le *désir-envie*, pour souligner ce qu'il y a de compulsif dans ce genre de désir et comment il est la source de l'envie et de la rivalité. Ce premier principe a pris la place de ce qu'était Dieu dans le système traditionnel et les agents de publicité sont devenus les nouveaux clercs. Dans ce monde-là, le grand universel, le maître c'est *ce que chacun désire*. «Finie la distance redoutable, écrasante, écrit-il[4], entre ce que je désire par ma pente naturelle et les exigences du Dieu, du Roi, du devoir, de la raison, de la patrie, de la révolution, de la famille, des générations à venir. Quand j'achète pour "jouir", je donne du travail, je sauve l'humanité! Tout ce qu'exige la fonction majeure est ramené à ce dont l'individu a envie. L'ordre primordial coïncide avec l'explosion des envies individuelles.»

Devant ce monde, trois attitudes seraient possibles: l'*acceptation*, le *retrait*, la *nouvelle naissance*. Ou bien accepter l'ordre du monde, tel qu'il est, ou bien se retirer en dehors de ce monde, en le tenant pour une illusion, ou bien discerner dans le monde actuel une crise d'enfantement et reconnaître l'urgence de vouloir naître à nouveau. Par rapport au désir, souligne Bellet, il y a également trois attitudes: chercher la *mesure*, l'ennemi étant la démesure, atteindre le *non-désir,* seule manière de se libérer de la souffrance, ou *désirer plus, infiniment,* jusqu'à changer l'homme, par-delà l'apparente évidence de ce qu'il est[5].

Vouloir la nouvelle naissance de l'humanité, c'est, aux yeux de Bellet, la voie proposée par l'Évangile. «Préférer l'humanité, l'existence de l'humanité, sa naissance par-delà ce qui la travaille à mort[6].» Dans ce geste de préférer l'humanité et de désirer sa naissance, Bellet voit à la fois l'acceptation la plus radicale du monde, puisqu'il est reconnaissance et jubilation devant l'être, et le plus grand retrait, puisqu'il est abandon dans le grand abîme de l'Amour.

C'est cette *voie du désir* que j'aimerais explorer au cours des prochaines pages. La spiritualité que nous cherchons me semble se trouver dans cette voie, dont il nous est déjà possible d'entrevoir quelques principes fondamentaux. (1) Elle ne réduit pas l'être humain à la conscience qu'il a de ses devoirs et de ses besoins. (2) Elle appelle à découvrir en nous, au-delà de notre *Moi,* c'est-à-dire au-delà de la conscience que nous avons de nos pensées et de nos émotions, l'*être* que nous sommes. (3) Elle propose de regarder l'être que nous sommes comme un don de l'amour de Dieu. (4) Elle montre que la vie est un temps où nous avons à apprendre à accueillir ce don dans la joie et la gratitude. (5) Elle amène à comprendre que la meilleure façon d'accueillir ce don est de vivre dans la fidélité à l'aspiration la plus profonde de notre être.

La tradition chrétienne a connu de grands témoins de cette spiritualité du désir. Je songe à Grégoire de Nysse, à Augustin d'Hippone, à Bernard de Clairvaux, à Maître Eckhart, à Catherine de Sienne. À notre époque, les écrits de Maurice Zundel, qui ont largement inspiré les pages qui suivent, sont sûrement la meilleure expression de cette spiritualité. Toute son œuvre cherche à éveiller ses contemporains à l'*immense aspiration* de leur être et à leur proposer la voie de l'*approfondissement du désir*. «La morale de Jésus, dit-il dans une de ses homélies du temps de l'Avent, c'est *"Mon ami, monte plus haut"* (Lc 14, 10). Monte plus haut, ce n'est jamais assez! Monte plus haut! parce que justement tu ne peux te réaliser que divinement, tu ne peux satisfaire à tes désirs qu'en allant jusqu'au bout, jusqu'à l'infini, mais l'infini ce n'est pas ce que tu croyais! l'infini ce n'est pas de t'exalter, de tourner autour de toi, c'est d'être vraiment une source, une origine, un commencement, un espace où tout peut respirer et s'accomplir[7].» «Jésus illumine nos ténèbres, ajoute-t-il. Mais il nous révèle que dans ces ténèbres, il y a déjà un commencement de lumière, parce que finalement il y a en nous une immense aspiration à la grandeur, et c'est bien, c'est très bien. C'est à cette grandeur que nous sommes appelés, et la vraie grandeur, la voilà, la vraie grandeur c'est de se quitter, c'est de se dépasser, c'est de se libérer de soi[8].»

Explorer cette immense aspiration de notre être, parvenir à la nommer, chercher comment l'éveiller, la déployer, la cultiver, c'est ce que le présent essai propose comme une sorte de voyage intérieur en vue de connaître en nous le souffle qui nous rend libres.

Notes

1. Françoise Dolto, «L'homme et son désir», in *Christus* 18 (1971), p. 357 ss; *L'Évangile au risque de la psychanalyse*, tomes 1 et 2, Paris, Points, 1980 et 1982.

2. Denis Vasse, *Le temps du désir*, Paris, Seuil, 1969.

3. Maurice Bellet, *La seconde humanité*, Paris, Desclée de Brouwer, 1993.

4. *Ibid.*, p. 27.

5. *Ibid.*, p. 138.

6. *Ibid.*, pp. 152-153.

7. Maurice Zundel, *Ta parole comme une source*, Québec, Anne Sigier, 1967, p. 59.

8. *Ibid.*, p. 60.

2

DÉCOUVRIR ET NOMMER
MON DÉSIR PROFOND

> «[…] ne pas laisser chanter son désir dans le plus intime de notre être c'est aussi s'exposer à ce que notre corps se ferme comme une maison de vacances en automne, comme un village déserté, comme un fruit desséché.» (Yves Prigent, *L'expérience dépressive*, p. 79)

Pour arriver à découvrir l'aspiration profonde de notre être, il n'y a pas d'autre chemin que celui de nos émotions. Nos désirs, nos peurs, nos espoirs, nos colères, nos tristesses, nos joies sont comme les ténèbres de notre vie intérieure, qu'il faut avoir le courage d'explorer pour percevoir la lumière de notre désir profond. Ces ténèbres sont les meilleurs révélateurs de notre être. Comparées à nos pensées, nos émotions ne mentent jamais. Tandis que nos pensées peuvent être empruntées ou manufacturées, qu'elles peuvent même servir à nous cacher à nous-mêmes et aux autres notre vérité, nos émotions surgissent et nous révèlent ce que nous sommes, comment le monde nous apparaît, comment nous nous sentons devant telle personne, telle situation, telle tâche. C'est sans doute pour cela qu'elles représentent le seul chemin à prendre pour le voyage intérieur vers la découverte de notre désir profond.

Parmi ces émotions, la *peur* me paraît être celle dont l'exploration nous rapprochera le plus sûrement de notre but. D'abord parce que nous sommes, la plupart du temps, davantage dirigés par la peur que par le désir. Freud décrivait notre comportement habituel comme celui d'un cavalier sur un cheval fringant (le désir), qu'il cherche à mâter en tenant les mains serrées sur les guides (la peur), alors qu'un essaim de guêpes bourdonne autour de sa tête pour lui prescrire les comportements à adopter (le *surmoi)*. Je connais des analystes des messages de la culture de masse qui soutiennent que la réclame commerciale s'adresse davantage à la peur qu'au désir: notamment à la peur de ne pas être «in». Nos peurs sont comme des verrous qui enferment dans un coffre le trésor caché de notre désir profond. C'est donc en regardant mes peurs, en portant attention à ce que je redoute le plus dans la vie, que je vais découvrir ce que je cherche le plus ardemment, car c'est dans ce que je crains le plus de perdre que je puis découvrir ce que je désire le plus.

L'EXPLORATION DE MES PEURS

La peur prend des visages différents. Il y a d'abord la peur très commune de la souffrance, de la maladie et de la mort. Puis la peur d'être seul, abandonné, rejeté, plus accentuée chez la femme, tandis que la peur d'être envahi, possédé, étouffé s'observe surtout chez l'homme; il s'agit de deux peurs contraires, souvent à la source des tensions dans la vie conjugale: la *peur d'être rejeté* et la *peur de l'intimité*. Puis la peur de Dieu, sur qui nous opérons le transfert de la plupart de nos autres peurs.

Toutes ces peurs traduisent une peur plus fondamentale, à laquelle nous réservons parfois le nom d'*angoisse*. C'est la peur du *néant*. Elle est vécue comme peur de ne rien valoir, de n'avoir aucune valeur, de ne pas compter pour les autres, de n'être rien, et par conséquent de ne pas ·mériter d'être aimé. L'un de ses visages les plus fréquents est celui de la *culpabilité*. «La culpabilité, comme perception de son indignité en raison des lacunes et des fautes, écrit Antoine Vergote[1], est toujours la crainte d'être indigne de l'estime et du désir de l'autre.» De cette peur de ne pas être aimé, on connaît les symptômes, qui sont comme autant de manières de se protéger contre elle: le perfectionnisme, la suractivité, la performance exagérée, le fanatisme religieux.

Pour apaiser notre peur de ne rien valoir et de ne pas mériter d'être aimé, nous avons inventé un remède, qui est à l'œuvre dans à peu près tous les secteurs de la vie humaine: la *compétition*. Remède efficace, mais dangereux, qui nous est prescrit dès que nous commençons à fréquenter l'école. Durant les cinq premières années de notre vie, nous avons fait normalement l'expérience d'être aimés inconditionnellement, non pour ce que nous faisions, mais pour ce que nous étions. C'est la grâce de l'enfance, sans laquelle personne n'a de foi en soi, personne n'est capable de relativiser l'indifférence, les critiques et les rejets rencontrés plus tard dans la vie. Après cette première période de la vie, a commencé, avec l'entrée à l'école, une longue étape, qui dure jusqu'à l'âge de la retraite, où nous sommes appréciés pour ce que nous faisons, pour notre rendement. Nous entrons alors dans la logique de la compétition. Nous faisons désormais l'expérience d'un amour qui met des *conditions:* habileté, performance, succès, et qui établit des *comparaisons* entre participants à un même concours.

La loi propre à la logique de la compétition c'est que, pour être apprécié, il faut faire mieux que les autres. Plus quelqu'un aura été privé de l'amour inconditionnel de ses parents durant la première étape de sa vie, plus il investira dans la logique de la compétition et cherchera à gagner l'affection. Poussé par la peur de n'être rien et de ne pas être aimé, il va s'identifier à des rôles ou à des fonctions, qui servent de masques pour cacher son vide intérieur et procurer le sentiment d'être supérieur à au moins une autre personne sur au moins un aspect, et par conséquent d'exister. Entrée dans cette logique, la peur d'être privé de l'estime et de l'amour est sans issue, puisqu'en cherchant à forcer l'amour elle me rend incapable de le percevoir et de l'accueillir comme un don.

Cette peur de ne rien valoir et de ne pas être aimé, je la trouve finement décrite au début de la Bible, comme première réponse de l'homme à la question de Dieu. «Où es-tu?» demande le Seigneur à Adam, et celui-ci répond: «J'ai entendu ta voix dans le jardin. J'ai eu peur à cause de ma nudité. Je me suis caché[2].»Les trois gestes exprimés dans cette réponse revêtent une signification universelle. (1) *J'ai entendu ta voix dans le jardin.* Par mes parents, mes éducateurs, les prêtres, j'ai entendu ta voix. Je l'ai entendue comme la voix de quelqu'un qui me comparait à un idéal, me soumettait à des exigences énormes, et avait sur moi des attentes démesurées. Je l'ai reçue comme la voix de quelqu'un qui me révélait mes limites et mes faiblesses. (2) *J'ai eu peur de ma nudité.* Je suis un être fini et mortel, vulnérable et fragile. C'est cela ma nudité. Je ne puis l'accueillir qu'en présence d'un regard d'amour. Mais ta voix m'a paru celle de quelqu'un qui me surveillait, attentif à me prendre en défaut. (3) *Je me suis caché.* On ne m'a pas montré ma valeur, on ne m'a pas fait regarder ma richesse. Il en a résulté un manque de foi en moi-même. Et une entrée furieuse dans la logique de la compétition. Je me suis revêtu de masques avec les rôles que j'ai joués, les fonctions que j'ai occupées, les tâches que j'ai assumées.

Cette réponse est la première donnée par l'homme au début de son histoire. C'est la réponse de l'homme replié sur lui-même. Car c'est cela qui s'est passé à l'origine: une sorte d'*inversion*, où il a commencé à se replier sur lui-même, à se prendre pour centre de gravité et à perdre de vue sa relation à Dieu et à son semblable. La création a été un geste d'immense générosité de la part de Dieu, qui a voulu partager avec d'autres que lui-même son bonheur éternel, avec le risque que ces êtres *différents* de lui deviennent, par leur choix, *séparés* de lui. La réponse de l'être séparé de Dieu, qui en se séparant de lui se fait inévitablement mal, est celle de la peur. Mais ce n'est pas sa réponse définitive. Son dépliement, désiré par Dieu au point de choisir d'entrer dans son histoire, trouvera son ultime achèvement dans le triomphe du désir sur la peur. Ce n'est pas un hasard si la dernière ligne de la Bible est une parole criant à Dieu le désir profond du cœur humain: *Maranatha, viens Seigneur Jésus³*.

DE LA PEUR FONDAMENTALE AU DÉSIR PROFOND

Si j'entreprends avec une telle ardeur la recherche du désir profond en moi, c'est que je sens, comme une certitude inaliénable, que c'est en découvrant ce désir que je découvre la volonté de Dieu. «La volonté de Dieu, écrit

Gerard W. Hughes[4], n'est pas une sorte de projet de vie impersonnel, qui nous serait imposé par un Dieu capricieux et opposé à pratiquement toute inclination en nous. La volonté de Dieu c'est notre liberté. Il veut que nous découvrions ce que nous voulons vraiment et qui nous sommes réellement.» Que me fait découvrir de ce désir profond l'exploration de mes peurs?

Première approche: c'est le *désir de valoir*. S'il est vrai que notre peur la plus fondamentale est celle de n'avoir aucune valeur et de ne pas être aimé, notre désir le plus essentiel est celui de valoir. C'est le nom que lui donne Maurice Zundel. Quiconque a fréquenté ses écrits sait l'importance qu'il a accordée à la mise en lumière par la psychanalyse de notre *inconscient*. Il le compare à un océan, par rapport auquel le *conscient* ne serait qu'un iceberg. Sur cette région submergée, obscure et menaçante, qui ressemble tantôt à un immense cimetière de souvenirs étranglés (supprimés ou réprimés) et éteints (oubliés), tantôt à un volcan d'énergies primitives qui peut, à n'importe quel moment, faire jaillir une lave bouillonnante d'impulsions, le raisonnement et les conseils n'ont aucune prise. On la retrouve toujours «comme une espèce de nappe souterraine, ou plutôt comme une lave qui éclatera d'une manière volcanique lorsque la compression sera devenue intolérable[5] ».

Au fond de cet inconscient, dont Zundel a si bien compris l'urgence d'être évangélisé et exposé à la présence rayonnante du Christ, que perçoit-il? Un désir inconscient, qui se tapit à la porte de notre *Moi*. À la suite du psychanalyste A. Hesnard, il le nomme le désir de valoir et il affirme[6]:

Rien n'est plus difficile à mettre en ordre que tous ces sentiments, tous ces appels, tous ces appétits qui se font jour en nous et qui pourraient en effet aboutir à toutes les bassesses si les circonstances, si les habitudes qu'on nous a imposées, ne déterminaient pas une certaine façade ou plutôt ne suscitaient pas une certaine façade qui nous empêche de devenir réellement, du moins extérieurement, des criminels.

Et au fond de tout cela, de toute cette agitation qu'y a-t-il? Un psychiatre l'a dit, je crois: qu'est-ce que nous voulons au fond? qu'est-ce qui agit en nous? qu'est-ce qui remue nos instincts? qu'est-ce qui nous pousse au crime, ou qu'est-ce qui nous fait jouir du crime commis par les autres? qu'est-ce qui nous donne cet appétit du sensationnel, qui est constamment exploité par le cinéma ou par les magazines? C'est, dit Hesnard, le désir de valoir. Nous voulons valoir, nous voulons que notre vie ait un sens, nous voulons pouvoir nous estimer, nous admirer, c'est-à-dire nous voulons pouvoir nous trouver un goût à la vie et un motif de la poursuivre jusqu'au bout.

[...] Il y a pour chacun de nous une sorte de nécessité de croire à la valeur de sa vie et finalement toutes les ambitions, toutes les déviations, tous les crimes, et toutes les répressions du crime aussi, viennent de ce désir de valeur qui est en chacun de nous. Soit qu'on se révolte contre les disciplines traditionnelles, soit qu'on les impose aux autres, c'est toujours dans un désir de valoir.

Deuxième approche. La pratique de la méditation chrétienne, selon la tradition restaurée à notre époque par les bénédictins anglais John Main et Lawrence Freeman, me suggère de ne pas en rester à l'analyse du psychisme conscient ou inconscient pour accéder à l'aspiration fondamentale de mon être. Le but de cette pratique, comme le dit John Main[7], est d'apprendre à *être*, à entrer dans le mystère de sa création et à accepter le don de son être.

Dans ce style de méditation, une parole simple (le *mantra)*, tenue comme un héritage sacré et répétée avec vénération, sert à créer le silence des représentations, à abandonner le *Moi* conscient et à laisser se déployer l'aspiration la plus essentielle de mon être.

Dans la pratique de la méditation, l'aspiration profonde que je découvre ne se réduit pas au désir d'avoir de la valeur révélé par l'inconscient. Celui-ci, en effet, étant une région souterraine construite par le refoulement de pulsions et d'images indésirables, ne montre du désir profond que la face narcissique, égoïste, où règne la loi de la gratification immédiate. C'est le même désir profond auquel la pratique de la méditation donne accès, mais en nous apprenant à être, elle nous fait entrevoir graduellement ce désir comme le *désir d'être*.

Ce désir d'être ne peut pas être enfermé dans un objet déterminé. C'est, comme l'a suggéré le psychiatre français Yves Prigent[8], ce qui le distingue des besoins. Le désir est au centre de notre existence et il ne s'épuise dans aucun objet précis. Il est globalement désir d'être. Tandis que les besoins, qui se situent à la périphérie de notre existence, peuvent être précisés en quelques catégories: besoin *d'avoir* des biens, besoin *de savoir*, besoin de *pouvoir*, besoin de *devoir* le respect à la loi[9].

Désirer être, on me l'accordera sans difficulté, c'est désirer être *vrai* et être *bon*. Non pas bon à quelque chose (à faire des cours, à écrire des livres, à fabriquer des meubles), ni bon pour quelqu'un (avoir de la valeur à ses yeux, compter pour lui ou elle). Non, simplement désirer *être bon*. Mais qu'est-ce que cela veut dire?

Pour les êtres finis que nous sommes, capables de surmonter leur finitude par la connaissance et l'amour, c'est le désir de *connaître* et d'*aimer*. Nous sommes en effet des êtres qui cherchent à s'accomplir dans leur vérité par et dans leur relation d'ouverture et de don à l'autre. C'est dans la reconnaissance, le respect, l'accueil et la promotion de l'altérité de l'autre, par la connaissance et l'amour, que nous réalisons l'achèvement de notre être. Les deux, bien sûr, sont complémentaires et inséparables; il reste toutefois que c'est par l'amour, plus que par la connaissance, que nous nous ouvrons à l'altérité de l'autre, car par la connaissance je limite l'autre à la dimension de ma conscience, tandis que par l'amour je me rends présent à l'être de l'autre, pour le laisser être et advenir, en son entier, comme parole originale dans le monde. C'est ce qui faisait dire à Thomas d'Aquin, il y a plus de sept siècles, que si par rapport aux *choses* il est préférable de les connaître que de les aimer, par rapport aux *personnes*, en revanche, il vaut mieux les aimer que de les connaître.

L'aspiration fondamentale de mon être se révèle donc comme désir profond d'*aimer*. Nous sommes des êtres dont l'élan propre est d'*entrer en relation d'accueil et de don* avec autre que soi. Cela ne devrait pas nous étonner, dès lors que nous nous regardons comme des êtres créés par le Dieu de Jésus Christ, qui se donne à connaître comme mystère d'échange d'amour de trois personnes. Créés à son image, nous ne pouvons pas ne pas être, comme lui, des êtres de relation, qui s'accomplissent dans et par l'échange de soi avec autre que soi.

N'est-ce pas ce désir d'aimer qui est au centre de notre être et réclame, selon l'expression d'Yves Prigent, d'être chanté[10]? Trop souvent nous lui dénions cette possibilité, nous l'enfermons comme on enferme un enfant dans un cabinet. L'image de l'enfant réduit au silence me paraît ici très appropriée, car avec le désir d'aimer nous avons affaire à une réalité extrêmement fragile, que l'on peut si facilement étouffer, à tel point que notre première responsabilité est de la protéger, de l'entourer de précautions, de veiller sur sa croissance et son déploiement.

Notes

1. Antoine Vergote, *Dette et désir. Deux axes chrétiens et la dérive pathologique*, Paris, Seuil, 1970, p. 110.

2. Genèse 3, 9.

3. Apocalypse 22, 17.

4. Gerard W. Hughes, *God of Surprises*, Toronto Anglican Book Centre, 1986, p. 62.

5. Maurice Zundel, «Inconscient et nouvelle naissance», dans *Silence, Parole et Vie*, Sainte-Foy, Anne Sigier, 1990, p. 20.

6. Maurice Zundel, «Mon ami, monte plus haut», dans *Ta parole comme une source*, Anne Sigier, 1987, pp. 57-58.

7. John Main, *The Inner Christ*, London, Darton, Longman, Todd, 1988, p. 114. Voir aussi Lawrence Freeman, *Light Within. The Inner Path of Meditation*, London, Darton, Longman, Todd, 1986, p. 82.

8. Yves Prigent, *L'expérience dépressive. La parole d'un psychiatre*, Paris, Desclée de Brouwer, 1981, p. 46.

9. *Ibid.*

10. *Ibid.*, p. 79.

3

UNE BONNE NOUVELLE
POUR LE DÉSIR D'AIMER

> «*Le Verbe s'est fait chair*. Il est descendu jusqu'à la racine du désir, non pour le détruire, mais pour le transfigurer et lui donner toute sa dimension.» (Éloi Leclerc, *Le Maître du désir*, p. 16)

Je ne cesse de m'étonner devant ce que je découvre dans l'Évangile quand j'entreprends de le lire à la lumière du désir d'aimer. Je vois alors en Jésus le «Maître du désir», dont la première préoccupation, dans son rapport avec ses disciples, est d'*éveiller* chez eux leur désir profond. Il est à l'égard du désir ce que Socrate a été à l'égard de la pensée: un éveilleur. Ceux qui sont intéressés à le suivre ou à être guéris de leur mal, il les renvoie le plus souvent à eux-mêmes, à leur propre recherche qu'il leur demande de nommer. «Que cherchez-vous?» (Jean 1, 38), «Que veux-tu que je fasse pour toi?» (Lc 18, 41) Comme s'il voulait les amener à comprendre que c'est dans ce qu'ils aiment le plus et désirent le plus ardemment que Dieu veut les rencontrer.

Il nous semble parfois que c'est plutôt dans nos souf-frances et nos échecs que Dieu nous attend. C'est que ce sont le plus souvent les seuls moyens que nous lui laissons de se proposer à nous, les seules fissures dans la muraille construite autour de notre être, la seule chance que nous lui laissons de nous amener, après l'effondrement de nos projets et de nos programmes, à nous retrouver devant notre désir d'être pleinement et de vivre intensément.

L'attitude de Jésus devant le désir humain n'est pas seulement de l'éveiller, mais également de l'*éduquer*. Il sait que le désir humain est fragile, constamment menacé d'être réduit par nous à l'un ou l'autre de nos besoins. D'où son effort patient pour amener ses disciples à désirer *plus* que ce qui leur paraît capable d'étancher leur faim et leur soif. Les deux scènes de l'Évangile les plus évocatrices à ce propos sont celle du discours de Jésus après la multiplication des pains (Jean 6, 22-66) et celle de sa conversation avec la Samaritaine (4, 1-30).

Après qu'il eut nourri cinq mille hommes avec cinq pains et deux poissons, la foule fut prise d'enthousiasme pour Jésus, à tel point qu'il lui fallut fuir dans la montagne, tout seul, loin des mouvements de la foule qui cherchait à l'enlever et à le faire roi. Quand, le lendemain, la foule le rejoignit à Capharnaüm, il leur dit: «Vous me cherchez, non parce que vous avez vu des signes, mais parce que vous avez mangé du pain tout votre soûl.» (6, 26) Ils ont vu en Jésus celui qui pouvait satisfaire leur *besoin de consommer des choses,* indispensables sans doute à la vie, mais ils ont été incapables de voir dans la multiplication des pains le *signe d'une présence*, qui s'adressait à leur *désir de communiquer avec quelqu'un.* Toute la suite du discours de Jésus vise précisément à les amener à entrevoir le don qui se trouve exprimé dans ce signe, un don qui s'accomplit comme don seulement dans la mesure où il est *désiré* profondément, d'un désir qui est l'œuvre de Dieu au plus intime de notre être. «Nul ne peut venir à moi si le Père qui m'a envoyé ne l'attire» (6, 43); «nul ne peut venir à moi, sinon par un don du Père» (6, 65).

La conversation de Jésus avec la Samaritaine illustre merveilleusement bien comment il s'y prend pour nous libérer de nos peurs, pour susciter et déployer notre désir profond. Il est facile de deviner les peurs de la Samaritaine. Peur de rencontrer des hommes: elle a eu cinq maris, celui avec qui elle habite n'est pas son mari. Elle se rend au puits à midi, à l'heure où le soleil est brûlant, assurée de ne pas y trouver d'homme à cette heure-là. Puis peur de Dieu. Elle veut bien se conformer à sa volonté, mais quelle est sa volonté? Où peut-on la connaître?

Voilà qu'à midi, Jésus est là, assis près du puits, fatigué de la route. Il lui demande de lui donner à boire. Devant l'étonnement qu'elle éprouve à voir un Juif entreprendre une conversation avec une Samaritaine, Jésus lui dit: «Si tu savais le don de Dieu et qui est celui qui te dit: donne-moi à boire, c'est toi qui l'en aurais prié et il t'aurait donné de l'eau vive.» (4, 10) C'est la première tentative de Jésus de libérer la Samaritaine de sa peur de Dieu. Dieu, lui fait-il comprendre, c'est celui qui te prie, t'adresse une prière, te demande d'accueillir le don de lui-même. La religion qu'elle a connue est une religion où tout commence par des *exigences*, auxquelles il faut se conformer, pour recevoir le don de la récompense promise. Jésus veut lui faire comprendre, et par elle à chacun de nous, que la vraie religion commence avec le *don,* qui sollicite l'*accueil* et ne comporte d'autre exigence que celle de la fidélité à l'accueil du don de Dieu.

La Samaritaine sent que ce que Jésus lui dit s'adresse à ce qu'il y a de plus profond en elle. Elle fait alors ce que nous faisons souvent: elle cherche des échappatoires. Pour résister à la proposition de Jésus, elle invoque le bon sens: le puits est profond, tu n'as pas de sceau, comment pourrais-tu me donner à boire? Mais Jésus insiste: «Quiconque boit de cette eau aura encore soif, mais qui boira de l'eau que je lui donnerai n'aura plus jamais soif; l'eau que je lui donnerai deviendra en lui source d'eau jaillissant en vie éternelle.» (4, 13-14)

Dans la proposition de Jésus, la Samaritaine entrevoit la possibilité de combler à bon compte un besoin quotidien: de l'eau vive, une source, plus besoin de courir au puits. «Donne-moi de cette eau-là», dit-elle à Jésus. Ce n'est cependant pas *quelque chose à consommer* que propose Jésus, mais la présence de *quelqu'un avec qui communiquer*. C'est pourquoi il a à faire passer la Samaritaine du *besoin* au *désir*. Pour cela, il l'invite à appeler son mari, et par ce biais, il évoque, sans reproche, ni jugement, ni condamnation de sa part, la vie mouvementée de son interlocutrice. Il l'amène à découvrir ce qu'elle cherche: quelqu'un qui la comprend, ne l'accuse pas, ne la rejette pas, quelqu'un qui lui fait signe que Dieu n'est pas un objet en dehors de nous, à adorer sur le mont Garizim ou à Jérusalem, mais un dieu dont le sanctuaire se trouve plutôt au plus intime de notre être, là où il se donne à connaître comme la Vie de notre vie, le Cœur de notre cœur, la Source de tout amour.

Les passages de l'Évangile où Jésus se fait le plus explicitement l'éducateur du désir de ses disciples sont ceux où il les trouve en train de se disputer pour savoir lequel d'entre eux est le plus grand (Mt 20, 25), lequel mérite d'être tenu pour le premier (Mc 9, 35). Il est remarquable qu'il ne leur reproche jamais d'être des hommes de désir, de désirer être grands, d'aspirer à l'excellence. Il ne réclame pas, comme condition pour être ses disciples, l'abolition de leur désir. Au contraire, il leur fait voir que leur erreur n'est pas de désirer la *grandeur,* mais de se satisfaire d'une grandeur qui n'est pas à la dimension infinie de leur désir. Car la grandeur à laquelle nous sommes appelés n'est rien de moins que la grandeur propre à Dieu, la grandeur du don de soi, la grandeur de l'amour par lequel notre existence devient un don. «Celui qui voudra devenir grand parmi vous se fera votre serviteur, et celui qui voudra être le premier d'entre vous se fera votre esclave.» (Mt 20, 25)

Le souci de Jésus d'éduquer le désir de son disciple est encore plus manifeste dans sa conversation avec le jeune homme riche (Mt 19, 16-21). Celui-ci l'aborde avec une question qui traduit, on ne le peut mieux, la préoccupation d'un homme conduit par le *besoin* et le *devoir*, par le souci de se conformer aux *attentes* des autres sur lui et de parvenir à *posséder* la récompense de la vie éternelle. «Que dois-je faire de bon pour posséder la vie éternelle?» «Si tu désires être parfait, lui dit Jésus, va, vends ce que tu possèdes, donne-le aux pauvres, et tu auras un trésor aux cieux; puis viens, suis-moi.» (Mt 19, 16-21) C'est au *désir d'être bon, d'être parfaitement bon*, que Jésus veut s'adresser, plutôt qu'à la préoccupation de *faire* ce qui est conforme aux attentes des autres pour *avoir* de la valeur à leurs yeux.

LE PRINCIPAL OBSTACLE AU DÉSIR D'AIMER

L'attitude de Jésus devant le désir profond de notre cœur ne se limite pas à l'éveiller et à l'éduquer. Elle est surtout de lever le principal obstacle qui s'impose à notre désir d'aimer. Cet obstacle c'est la pensée ou le sentiment que je ne suis pas aimé, et que n'étant pas aimé je ne suis pas aimable. De cette croyance je déduis plus ou moins consciemment qu'il me faut «*compétitionner*» pour l'amour. Étant persuadé que l'appréciation ça se gagne et ça se mérite, j'investis alors massivement dans mes fonctions, mon travail, mes rôles. J'entre en plein dans la logique de la compétition et de la rivalité.

Et plus je suis engagé dans cette voie, moins je deviens capable d'accueillir l'amour, toute mon attention étant concentrée sur ma performance, ma réussite et la récompense attendue. Par mon effort à gagner l'amour, je me rends aussi bien incapable d'en recevoir que d'en donner, l'amour étant par essence un don gratuit.

Le fruit de cette recherche effrénée de l'affection est double: la *frustration* et le *ressentiment*. «Qui offrirait toutes les richesses de sa maison pour acheter l'amour, ne recueillerait que mépris», est-il écrit en appendice au *Cantique des cantiques* (8, 7). On ne peut mieux décrire le vide creusé par le besoin, toujours insatisfait, de l'amour, et le ressentiment produit, qui est aux antipodes de la joie et de la gratitude. La frustration et le ressentiment, on les trouve fort bien illustrés par le frère aîné de la parabole du fils prodigue (Lc 15, 11-32). Il est frustré par la fête offerte en l'honneur de l'autre, il se plaint de ne pas être aimé, il blâme les autres pour l'injustice qu'il ressent devant l'attitude du père qui lui semble lui préférer son frère cadet. Le frère aîné, dans lequel je me reconnais souvent, offre une résistance plus tenace à l'amour paternel que celui qui a cherché le plaisir et l'indépendance. Aussi sera-t-il toujours celui qui se laisse le plus difficilement ramener à la demeure où Dieu nous attend, nous appelle et nous offre l'amour sans réserve dont notre cœur a tant besoin.

Le désir d'aimer constitue, sans aucun doute, l'aspiration essentielle de mon être, mais ce désir se trouve souvent paralysé par le sentiment de ne pas être aimé et par conséquent de ne pas être aimable, ou, pour le dire encore plus simplement, par *l'absence de foi en soi*. Ne croyant pas en ma propre amabilité, je suis un être toujours en train de négocier son existence, stipulant les *conditions* à remplir et les *comparaisons* à faire pour que je puisse croire dans l'appréciation des autres. Et pendant que je suis là à négocier mon existence, à m'efforcer de remplir les conditions posées, à chercher par ma performance à dépasser les autres, je me rends tout à fait incapable d'être touché par l'amour d'un autre. Je suis comme un individu qui a une adresse, mais ne se trouve jamais là. Si quelqu'un m'exprime de l'affection, je suis incapable d'y croire.

Cette logique, dans laquelle je m'engage quand je «vends les richesses de ma maison pour acheter l'amour», je la trouve bien décrite par la parabole de la mesure, qui me semble trouver ici sa véritable application: «De la mesure dont vous mesurez on mesurera pour vous et on vous donnera encore plus. Car à celui qui a l'on donnera, et à celui qui n'a pas, on enlèvera même ce qu'il a.» (Mc 4, 24-25) Celui ou celle qui a reçu, dès son enfance, de ses parents et de son entourage, beaucoup d'affection, a *foi en son amabilité*; il a peu besoin qu'on le rassure constamment de sa valeur; il est capable de recevoir des marques d'affection aussi bien que des signes d'indifférence ou de critique, qu'il est d'ailleurs en mesure de relativiser. À celui ou celle qui n'a pas reçu cette affection et se sent privé de sécurité affective, comme à ceux dont parle le *Cantique des cantiques*, qui vendent les richesses de leur maison pour gagner l'amour et ne récoltent que mépris, même ce qu'ils ont leur est enlevé.

Il est possible de regarder cette logique comme le signe d'une grande injustice dans un monde où il y a ceux qui *ont* et ceux qui *n'ont pas.* Adopter et maintenir un tel regard ne fait qu'enfoncer dans la logique de la rivalité, vers la frustration et le ressentiment, et selon toute probabilité le désespoir. Je puis au contraire, grâce à la rencontre de quelqu'un qui m'éveille à ma propre bonté et me fait comprendre que je ne suis pas le prisonnier de mon enfance, même si j'en suis l'héritier, en arriver à m'ouvrir à la foi en ma propre bonté et en l'Amour qui en est la source.

En écrivant ces lignes, je ne puis m'empêcher de penser à la poète et musicienne américaine, Maya Angelou, et à ce qu'elle raconte dans sa passionnante autobiographie[1]. Née dans la pauvreté, confiée à sa grand-mère, violée et brutalisée à l'âge de huit ans, elle vécut comme si son affectivité avait été tuée, incapable de communiquer avec son entourage, jusqu'à ce qu'une femme de son village la reçût chez elle, lui fît sentir combien elle l'aimait et lui fît découvrir tout ce qu'il y avait de possible en elle. C'est à partir de cette rencontre qu'elle fut éveillée à la vie, qu'elle commença à croire en elle-même et en Dieu, et devint l'une des grandes artistes de notre temps.

Une personne nous révèle notre propre richesse lorsqu'elle nous fait découvrir la confidence de Dieu que Jésus de Nazareth nous dévoile, à savoir que nous sommes pour lui rien de moins que ses *enfants bien-aimés,* à qui il promet de ne jamais être privés de son amour. C'est cette certitude qui fait que l'Évangile est une bonne nouvelle pour le désir d'aimer. Il lève l'obstacle majeur à la possibilité d'aimer, cet obstacle qui nous vient de l'absence de foi en notre propre bonté. Non seulement Jésus est attentif au désir profond de chacun, infiniment respectueux de ce que nous cherchons le plus ardemment dans la vie, mais sa mission est précisément de lever cet obstacle, de faire découvrir à tous ses frères et sœurs en humanité que chacun est aimé inconditionnellement, sans *conditions ni comparaisons,* par Dieu. «Vous valez plus qu'une multitude de passereaux», insiste-t-il (Lc 12, 4-8). Aussi demande-t-il de ne pas craindre ce qui peut tuer le corps, mais seulement ce qui peut tuer l'âme. Qu'est-ce qui tue l'âme, sinon l'indifférence, le mépris, l'humiliation, tout ce qui l'empêche de croire en sa propre valeur?

Éloi Leclerc[2] a bien montré que cette mission de Jésus lui a été révélée au moment de son baptême. Cet événement relaté par les quatre évangélistes, comme prélude au ministère de Jésus, a été, semble-t-il, un événement décisif, où il a fait une expérience brûlante impliquant une découverte unique. Dans cet événement décrit par les évangélistes à l'aide d'images empruntées à l'Ancien Testament, il faut voir l'expérience faite par Jésus de la *proximité* de Dieu. Le ciel de son âme s'est ouvert, une lumière nouvelle l'envahit, lui faisant découvrir que son amour pour Dieu était précédé de l'amour de Dieu pour lui. «Tu es mon Fils bien-aimé.» C'est cette expérience de la proximité de Dieu que Jésus désire partager avec ses frères et sœurs en humanité: l'expérience du Dieu vivant, plus intime à nous-mêmes que nous-mêmes, présent au cœur de chacun, proposant à tous, sans jamais s'imposer, une relation d'amitié, attendant de chacun le moindre signe d'acquiescement à sa paternité amoureuse. Ce Dieu tout proche et si lointain, *au-dedans au-delà* comme aimait le nommer Maurice Zundel, n'a rien de l'employeur qui répartit les tâches ou du régisseur qui distribue les rôles. Son premier pas vers nous est un pas d'amour. D'un amour qui n'est aucunement possessif, qui ne cherche qu'à nous toucher et nous ouvrir pour nous donner à nous-mêmes et à notre liberté.

(La mission de Jésus est donc de nous déplier, de nous ouvrir à l'amour inconditionnel du Père, de nous offrir la sécurité que nous ne pouvons trouver qu'en Dieu. Le *dépliement* d'une humanité qui, depuis le début de son histoire, s'est repliée sur elle-même, est une image qui exprime bien ce que Jésus propose de réaliser en chacun de nous. Il propose de nous déplier afin de nous *ouvrir* à la Source de tout amour. Si le premier pas de Dieu est un pas d'amour, notre premier pas à nous est de croire en l'amour inconditionnel de Dieu. Notre deuxième pas est celui de nous faire proche de nos semblables et d'être pour Dieu le chemin de sa tendresse, le visage de son amour. Car telle est notre vocation essentielle, à laquelle Jésus cherche à nous éveiller: révéler le mystère de l'amour infini de Dieu, le rendre visible en lui prêtant des mains, un cœur, un visage. D'où la question, la seule, qui préoccupe la personne dépliée et ouverte à l'amour de Dieu: qu'arrive-t-il à Dieu par mes choix et mes actions? Est-ce que je le cache ou est-ce que je le révèle? Est-ce que je le rejette ou est-ce que je le laisse transfigurer ma vie?)

Cette vocation fondamentale, l'auteur de la lettre aux Éphésiens l'a bien exprimée: «Il nous a choisis pour que nous soyons saints et irréprochables, sous son regard, dans l'amour.» (Ep 1, 4) Je trouve particulièrement émouvante la confession de l'Abbé Pierre, octogénaire, faisant un retour sur sa vie et la décrivant comme un «temps qui nous est donné pour apprendre à aimer et à nous préparer à la rencontre de l'Amour absolu[3]». De cette vocation essentielle, le *désir d'aimer* est en nous l'écho le plus net. Il est la trace de la présence du Dieu tout proche qui se donne à connaître et à aimer.

Pour ce qui est du besoin inépuisable que j'éprouve d'être aimé, il me faut d'abord le reconnaître, l'accepter et avouer mon impuissance à le combler. C'est le premier pas de toute conversion authentique. Commencer par admettre que je ne puis pas me guérir moi-même, cesser de prétendre que je suis capable de contrôler ma vie, cesser surtout de quêter au dehors les gestes d'affection et d'imposer aux autres les exigences de mon besoin d'être aimé, c'est déjà me rendre à l'amour tout-puissant de Dieu et lui ouvrir l'espace nécessaire à ma libération.

Il y a une loi de la vie humaine que j'ai pris trop de temps à découvrir: il m'est possible de me donner à d'autres, sans rien attendre en retour, seulement si je me sais entièrement reçu par quelqu'un[4]. Je suis capable de me donner gratuitement, dans la mesure où je me sais aimé inconditionnellement. Pour pouvoir donner sans rien vouloir en retour, il me faut être sûr que tous mes besoins vont être comblés par celui qui m'aime sans conditions. Le danger est d'attendre des personnes à qui je donne de l'amour qu'elles satisfassent mon besoin d'être aimé. Car j'institue alors une relation fondée sur le *besoin* plutôt que sur la *foi*, et ce qui apparaît comme générosité n'est en réalité que *manipulation* ou *cri de détresse* de la part d'un être en quête d'affection ou de soutien. C'est de ce genre de relation que naît le plus souvent la violence.

Notes

1. Maya Angelou, *I know why the caged bird sings*, New York, Bantam Books, 1972.

2. Éloi Leclerc, *Le royaume caché*, Paris, Desclée de Brouwer, 1987.

3. Abbé Pierre, *Testament*, Paris, Bayard, 1994, p. 81.

4. Voir la page émouvante de Henri J.M. Nouwen intitulée «Allow yourself to be fully received», dans *The Inner Voice of Love, A Journey through Anguish to Freedom*, New York, Doubleday, 1996, p. 65.

4

DU DÉSIR D'AIMER
AUX CHOIX À FAIRE

> «[...] les hommes qui nous ont le plus
> donné sont ceux qui, libres d'eux-mêmes,
> nous ont rendus libres de nous-mêmes.
> Ce sont eux qui furent nos véritables
> maîtres en art de liberté, comme ils de-
> meurent pour nous la révélation de la
> grandeur humaine.» (Maurice Zundel,
> *Itinéraires*, p. 44)

Les gens de ma génération et de mon pays ont connu
deux types différents de société. Ce fut d'abord une société *fermée*, dominée par une morale du *devoir*, où les
attentes du dehors déterminaient le plus souvent le comportement des individus, attirés par les avantages du con-
formisme. Puis, ce fut, après la guerre et la Révolution
tranquille, l'avènement d'une société soi-disant *progressiste*, dominée par la morale du *besoin,* où l'individu est
devenu roi et réclame la satisfaction de toutes ses envies.
Deux types de société et deux manières différentes de ne
pas être libre.

Dans la société fermée, ce qui empêche d'être libre
c'est la *peur* de faire des choix, du fait qu'ils impliquent le

41

risque de se tromper et de s'égarer. Les pressions du groupe sont telles que l'individu, corseté à l'excès, est mu par la crainte de l'aventure et le désir de l'approbation. Dans la société soi-disant progressiste, par contre, les choix sont si nombreux, chaque jour, pour chaque individu, que l'acte de *choisir* est devenu banalisé; il s'est comme dissous dans les préférences du moment, rendant à peu près impossible l'engagement à long terme.

Dans les deux cas de refus de la liberté — par excès de corset ou par absence de colonne vertébrale — ce qui manque c'est la profondeur et l'intensité du *désir*. Car c'est bien l'absence du désir qui fait place à la peur et c'est également l'absence du désir qui amène la réduction du choix au caprice du moment. Pour apprendre à choisir et à devenir libre, il y a donc une seule voic possible: celle de l'approfondissement et de l'intensification de notre désir d'être et d'aimer.

TROIS FAÇONS D'AGIR

Commençons par reconnaître que nous pouvons agir de trois façons différentes: par *devoir*, par *caprice*, par *choix*. J'agis par devoir lorsque je me conforme aux attentes des autres. Ce n'est pas nécessairement mauvais; c'est même indispensable au bon ordre d'une société. Mais à agir par devoir, simplement pour se conformer aux exigences du dehors, on ne change pas, on ne devient pas meilleur. L'honneur est dans la personne qui honore, disait Thomas d'Aquin, et non dans la personne honorée. C'est souvent pour réagir contre une vie exclusivement organisée autour du devoir qu'il nous arrive d'agir par caprice (un mot qui vient de *capra*: la chèvre bondissante, imprévisible). Agir par caprice, c'est obéir à ses envies du moment, à ses désirs superficiels.

Agir par choix c'est au contraire exprimer, à la lumière du désir le plus profond de mon être, ce que je considère comme lui étant le plus conforme. C'est seulement quand j'agis ainsi par choix, conduit par la volonté d'être le plus fidèle possible au désir essentiel de mon être, que je surmonte les conflits apparents entre, d'une part, la *loi* et les *devoirs* qu'elle me prescrit, et, d'autre part, le *droit* que j'ai de devenir celui que je suis appelé à être. À ce niveau de profondeur, la loi exprime mes droits, c'est-à-dire tout ce qu'il m'est juste de réclamer, à savoir: le droit d'exercer mon devoir fondamental d'être libre. «La liberté, écrivait, il y a près de soixante ans, Maurice Zundel, est un devoir, et l'autorité a justement pour mission d'en rendre possible l'avènement et d'en assurer la plénitude, en réduisant les servitudes matérielles qui paralysent son essor. L'autorité est un sacrement de la liberté. On a cessé de le comprendre pour avoir oublié qu'être libre c'est être maître de soi et non esclave de toutes ses fantaisies[1].»

On comprend dès lors le lien étroit qui existe entre le *désir d'aimer* et l'apprentissage par nos choix à la liberté. Sans le désir d'aimer, pourrions-nous dire en paraphrasant Kant, nos choix sont aveugles, et sans *choix,* notre *désir d'aimer* est vide, il reste dans notre imaginaire, sous forme de pure velléité, tant qu'il n'est pas concrétisé par des choix. Pour éclairer ce lien entre désir d'aimer et choix à faire, je propose de relire la scène de la tentation au désert.

Après avoir reçu le baptême de Jean et fait l'expérience de l'amour inconditionnel du Père, Jésus est conduit au désert (Lc 4, 1-13). Le désert est le lieu du désir, là où se creuse la soif. Mais c'est aussi le lieu des mirages et des séductions, donc le lieu des choix à faire. Jésus a choisi d'aimer, il a choisi d'être fidèle jusqu'au bout à l'aspiration la plus profonde de l'être humain, un choix qui va le conduire à la croix. Un choix qui implique plusieurs choix particuliers et c'est de ces choix que parle la scène de la tentation au désert.

Pour saisir le sens de cette scène, il importe de se rappeler que, dans les évangiles synoptiques, elle se situe tout de suite après celle du baptême de Jésus et de son expérience de l'amour inconditionnel de Dieu. Placées dans ce contexte, les tentations sont, comme Henri Nouwen l'a plusieurs fois souligné[2], des essais par le tentateur de convaincre Jésus que pour être aimé il lui faut en être digne et le gagner. Il propose en effet trois manières de prouver qu'il mérite d'être aimé. «Fais quelque chose d'utile, lui suggère-t-il, comme changer les pierres en pains», «fais quelque chose qui t'attire le pouvoir, comme adorer le prince de ce monde», «fais quelque chose de sensationnel, comme te jeter du sommet du temple», alors tu seras reconnu, applaudi, vénéré.

Les trois manières inventées par le tentateur pour séduire Jésus n'ont qu'un seul but: l'amener à entrer dans un monde dominé par la logique de la *compétition* et par la conviction que pour être aimé il faut chercher la *popularité,* le *pouvoir,* le *prestige,* il faut faire quelque chose d'*utile,* de *puissant,* de *sensationnel.* Le monde du tentateur est celui de la *rivalité,* où chacun a à prouver qu'il est meilleur que d'autres et qu'il mérite d'être reconnu, admiré et apprécié.

Jésus refuse d'entrer dans ce monde. Sur lui la logique de la compétition n'aura aucune prise. Sa voie sera plutôt celle de la *compassion*. Pour répondre au tentateur, il lui suffit de se rappeler son expérience du baptême: «Je n'ai pas à prouver que je mérite d'être aimé; je suis bien-aimé du Père.» Il choisit de préférer le désir de Dieu au projet du tentateur. C'est le même choix qu'il proposera à ses disciples de refaire lorsqu'ils s'adresseront à Dieu dans la prière: «Que *ton* nom soit béni, que *ton* règne vienne, que *ta* volonté soit faite.» Le Pater est en effet traversé par un grand désir: qu'à la recherche de la popularité, du pouvoir et du prestige, je puisse inlassablement préférer la connaissance et l'amour de Dieu, l'accueil de sa présence, l'ouverture à son désir.

La tentation la plus fondamentale

Il existe une tentation plus fondamentale que celle de la popularité, du pouvoir et du prestige. C'est la tentation de croire que je ne vaux pas grand-chose, que je suis inadéquat, que je ne suis pas bon. Plus j'abdique devant cette tentation et me laisse convaincre de mon peu de valeur, plus je suis vulnérable devant le projet du tentateur de me faire entrer dans la logique de la compétition. La performance, les succès, les fonctions, les postes, les rôles m'apparaîtront comme les seuls moyens de combler le vide creusé par mon besoin d'être apprécié. Ayant secrètement choisi de confier aux autres — à des étrangers, le plus souvent — le pouvoir de décider de mon bonheur, je vais faire de ma vie un temps que je vais passer à «bûcher» pour obtenir d'être reconnu et accepté, jusqu'à ce que je «tré-buche» et me rende compte de la folie de la recherche de mon identité dans l'opinion des autres.

L'une des principales leçons de scène de la tentation au désert est sans doute de nous faire comprendre que pour résister aux tentations de popularité, de pouvoir et de prestige, il nous faut croire en notre propre valeur et qu'en définitive nous ne pouvons croire en notre valeur qu'en nous ouvrant au regard bienveillant de Dieu, de qui nous tenons notre véritable identité. «Tu es mon enfant bien-aimé.» Plus je crois fermement en cette parole, plus je suis rassuré de l'amabilité de mon être, don de l'Amour créateur, et plus je suis capable d'accueillir les bénédictions qui me viennent sous forme de compliments, d'encouragements, de succès; plus aussi je suis en mesure de relativiser les malédictions aux nombreux visages, celles de la critique, de l'indifférence et du rejet.

On connaît la place de l'*estime de soi* dans les ouvrages de vulgarisation de la psychologie. Elle est devenue la vertu par excellence, et son absence le premier péché capital, celui qui a pris la place de l'orgueil. Cela ne devrait cependant pas nous empêcher de regarder l'*amour de soi* comme l'attitude spirituelle fondamentale, sans laquelle il est impossible de résister à la tentation de nous fuir vers la conquête de l'appréciation. De l'amour de soi, J.B. Metz disait qu'il était le fondement de la foi chrétienne. «L'adhésion à Dieu, écrivait-il, débute par cette adhésion sincère à soi-même, tout comme la fuite coupable qui éloigne de Dieu commence dans la fuite de soi-même, où se réfugie l'homme[3].»

S'accepter ou se fuir, se consacrer amoureusement à la vérité de son être propre ou mendier chez les autres l'approbation dont on a avidement besoin, tel est le choix fondamental à faire si l'on veut être fidèle au désir profond d'aimer. C'est en définitive choisir entre la logique de la compétition et celle de la compassion. Cette logique de la compassion, que Henri Nouwen a décrite comme celle de la «mobilité vers le bas[4]», a pour premier principe la *foi* en l'amour inconditionnel du Dieu très proche, que Jésus nous a fait découvrir non pas comme le sommet d'une pyramide, mais comme le centre du cercle, la vie de notre vie, la source de notre être, le soleil intérieur dont la présence ne nous fait jamais défaut. Le deuxième principe de cette logique est la *conscience* que ma vocation essentielle est d'incarner cet amour créateur, de le révéler, de lui ouvrir un chemin pour qu'il puisse rejoindre et toucher les petits, les pauvres, les faibles, ceux et celles qui sont exclus par la logique de la *mobilité vers le haut.* Son troisième principe est la *certitude* que je ne puis aller à Dieu autrement qu'en me faisant proche des plus pauvres, c'est-à-dire de ceux et celles qui souffrent et n'ont pas les moyens de se libérer de la souffrance. Trois principes qui réclament de compatir à l'amour de Dieu si facilement rejeté par l'égoïsme humain, de compatir également à la capacité humaine d'aimer, si fragile, si facilement paralysée par la peur, et qui pourtant reste la seule possibilité de découvrir en moi et en tous la Présence de l'Éternel Amour.

À regarder de près la logique de la compassion, qui est au cœur de l'Évangile, on s'aperçoit qu'elle est une logique de l'*abondance,* et non de la *rareté* comme l'est l'autre logique, celle de la compétition. Dans le monde gouverné par cette dernière, la reconnaissance, l'admiration, l'amour forment une denrée rare, pour laquelle il faut «compétitionner». La peur d'en manquer nous rend vigilants, attentifs à ne pas perdre l'estime déjà conquise, soucieux de lui ajouter de nouveaux gains. C'est peut-être le même sentiment de rareté qui nous empêche souvent d'être prodigue en éloge de notre prochain, en encouragements devant ses efforts. C'est comme si nous sentions qu'à bénir l'autre nous prenions le risque de descendre d'un cran dans l'échelle de la mobilité vers le haut.

La logique de l'abondance trouve son expression la plus forte dans la conclusion de la célèbre parabole des talents. «À tout homme qui a, l'on donnera et il aura du surplus; mais à celui qui n'a pas, on enlèvera même ce qu'il a.» (Mt 25, 29) C'est dans les relations entre personnes que cette assertion, à première vue obscure et même choquante, trouve son application et dévoile toute sa lumière. À la personne qui a reçu beaucoup d'affection, il sera donné encore beaucoup, au point où il y aura un surplus aisément observable dans la facilité de cette personne à communiquer aux autres quelque chose de l'amour reçu. Ayant conscience d'avoir été beaucoup aimée, cette personne ne cherche pas avidement à combler un besoin laissé béant et ne se torture pas à se demander ce qu'il faut faire pour gagner l'affection des autres. La personne, au contraire, qui n'a pas eu cette grâce de l'amour sera plus exposée et plus vulnérable devant la tentation de ne pas croire en sa valeur et de penser qu'elle n'a rien à donner de son être aux autres.

Dans l'Évangile de Marc, cette logique de l'abondance est présentée sous la forme d'une autre parabole, très concise: celle de la mesure (Mc 4, 24-26). «Prenez garde à ce que vous entendez! De la mesure dont vous mesurez on mesurera pour vous et on vous donnera encore plus. Car à celui qui a l'on donnera, et à celui qui n'a pas, on enlèvera même ce qu'il a.» Ce qui est dit de l'écoute vaut également pour le regard et pour les gestes de partage, d'hospitalité et de service. Il y a, dans la vie humaine, entre l'amour reçu et l'amour donné, un rapport circulaire, dont il est impossible de trouver un point de départ, sinon dans l'ouverture au don de l'amour, qui nous vient de Dieu et nous est manifesté par des personnes humaines.

Dans les geôles de Montevideo, où les dictateurs uruguayens et argentins s'étaient entendus pour le jeter à cause de ses idées, le grand pianiste argentin, Miguel Angel Estrella, disait calmement à ceux qui menaçaient de lui couper les mains et de le tuer: «Coupez-moi les mains si vous voulez. Tuez-moi. Je vous ai pardonnés, que Dieu vous pardonne.» Et au journaliste qui lui demandait quel était le secret de sa sérénité, il évoqua l'amour dont il a été entouré toute sa vie, surtout l'amour de sa mère qui avait l'habitude de l'éveiller en disant: «J'ai besoin de ton sourire pour commencer la journée et c'est pour ça que je te réveille[5].»

Nous avons besoin que l'on croie en nous pour y croire nous-mêmes. C'est ce que je découvre chaque fois que je m'applique à me réconcilier avec moi-même: mon histoire, mes limites et mes blessures, mes talents et mes succès. Cela me paraît une chose impossible tant qu'il n'y a pas en face de moi le regard d'un autre qui me dit qu'il m'aime, comme je suis, malgré ce que je suis, et même à cause de ce que je suis. Me réconcilier avec moi-même, c'est reconnaître qu'au-delà de ce que je fais et je dis, au-delà de ce que je pense de moi-même, il y a en moi un être qui est l'œuvre de Dieu, appelé à devenir comme Jésus; reconnaître également que c'est cet être possible en moi que Dieu regarde, qu'il entoure d'affection; reconnaître enfin que c'est cet être possible dans les autres que je dois regarder et promouvoir. Avoir foi en cet être en moi, avoir foi en Jésus Christ, avoir foi en Dieu, avoir foi dans les autres, tout cela devient un même mouvement, un même

geste par lequel je cherche à contester les idoles qui défi-
gurent l'œuvre de Dieu.

Le choix fondamental à faire est donc celui de croire
en l'amour. Choisir de croire que Dieu croit en moi, qu'il
m'attend au plus intime de mon être, où se trouve la vraie
maison où je puis être vraiment chez moi, où je peux oublier
mes rôles et mes fonctions, laisser tomber mes masques,
chanter ma chanson, rire et pleurer. Le symbole de la maison est ici d'une richesse inépuisable. C'est le lieu où j'ai
fait l'expérience, très tôt dans ma vie, d'être aimé sans
conditions, pour l'être que je suis, et non pour ce que je
fais. C'est le lieu où quelqu'un m'attend avec amour, non
pas pour me posséder, mais pour me redonner à moi-même.
C'est le lieu où j'aime toujours retourner, car là je retrouve
ma véritable identité.

Choisir de croire en l'amour est le tout premier geste
par lequel je puis libérer mon *désir d'aimer*. S'il reste seul,
le désir d'aimer reste une pure velléité. Pour le libérer, le
déployer et le cultiver, il faut commencer par choisir de
croire que je suis aimé, inconditionnellement, par celui
qui est la source de tout amour. C'est le choix que Jésus,
dans la scène de la tentation au désert, nous apprend à faire.
Maître du désir, il éveille en nous notre désir profond
d'aimer, il lève l'obstacle construit par la conscience de
ne pas être aimé, et il nous prie de choisir de croire en
l'amour inconditionnel de son Père, et ainsi d'habiter avec
lui la vraie maison que notre cœur cherche, la maison d'où
la peur est bannie.

La tentation de ne pas croire en l'amour trouve précisément en nous son principal complice dans la *peur* d'être aimé. C'est une peur dont on prend difficilement conscience et qu'il est pénible d'avouer. Elle prend plusieurs visages: peur de la solitude et du silence, peur de l'intimité, peur de l'aventure à laquelle me convoque la proposition d'alliance venant de Dieu. «Ce qui en nous refuse la solitude, écrivait Jean Sullivan[6], ce n'est pas le besoin de communion, mais ce qui a peur de la rencontre, ce qui ne veut pas mourir, ce qui dit non à la communion véritable et qui nous fait nous serrer comme des brebis pour avoir chaud.» Comment ne pas penser à la brebis égarée de la parabole, pour laquelle Dieu a tant de prédilection, sans doute parce qu'elle symbolise ceux et celles qui croient en l'amour, en cherchent les signes, osent quitter les sentiers battus, risquent les blessures, pour finalement rencontrer celui que leur cœur cherche!

Notes

1. Maurice Zundel, *Recherche de la personne*, Paris, Desclée de Brouwer, 1938, p. 308.

2. Voir surtout *Here and Now. Living in the Spirit*, New York, Crossroad, 1994, pp. 99-100.

3. J. B. Metz, *L'Avent de Dieu*, trad. de l'allemand par A. M. Seltz, Paris, Éditions de l'Épi, 1967, pp. 56-57.

4. Henri J.M. Nouwen, *ibid.*, p. 100.

5. Dans *Panorama*, juillet-août 1963, pp. 24-29.

6. Jean Sullivan, *Dieu au-delà de Dieu*, Paris, Desclée de Brouwer, 1982, p. 13.

5

L'AMOUR, ÇA SE CULTIVE

> «[...] tout ce que disent la Loi et les Pro-
> phètes, je le saurai par mon désir, et le
> lieu de la vérité sera cette relation à mon
> frère où je serai pour lui comme je dé-
> sire qu'on soit pour moi! Prodigieuse
> contraction! Toute la religion, tout, dans
> ce don de mon désir, en somme.» (Mau-
> rice Bellet, *Sur l'autre rive*, p. 45)

On connaît la difficulté qu'éprouve la raison devant le commandement qui est au cœur de la religion biblique. Elle a été formulée, il y a deux siècles, par Emmanuel Kant. L'amour, affirmait-il, ne se commande pas. Étant une affection ou un sentiment, il est impossible d'en faire l'objet d'une prescription. Il en est de l'amour comme de tout sentiment: il surgit dans la conscience, mais il ne se fabrique pas.

L'amour, dont Jésus a fait son commandement, ne se réduit cependant pas à un sentiment. Aimer vraiment, dans l'Évangile, implique trois dimensions bien mises en lumière dans certains passages, comme celui de Matthieu à propos de Jésus: «Il vit une grande foule, il fut pris de pitié pour eux et il guérit leurs infirmes» (Mt 14, 14), ou encore celui de Luc à propos du bon Samaritain: «Il le vit, fut

touché de compassion, il s'approcha, banda ses plaies»
(Lc 10, 29-38). Trois dimensions qu'à la suite d'Alain
Durand[1] nous pouvons appeler: le *constat* de la situation, le
sentiment éprouvé à l'égard de ceux qui souffrent, l'*action* de nourrir ou de soigner.

De ces trois dimensions de l'amour, il y en a deux qui
peuvent faire l'objet d'un commandement: le constat et
l'action. D'abord le constat. Il s'effectue par le *regard* ou
par l'*écoute*, qui sont comme la première condition, en
même temps que la première expression de l'amour. Sur
la route de Jérusalem à Jéricho, le prêtre et le lévite ont vu
l'homme laissé à demi mort le long du chemin, mais ils
ont évité de le regarder attentivement, occupés par leurs
projets ou agités par la peur d'avoir à prendre conscience
de leur propre vulnérabilité. Le Samaritain, au contraire,
s'approche de lui, le regarde et le voit. Sur cette même
route de Jéricho, Jésus écouta et entendit le cri de détresse
du mendiant aveugle, que les disciples rabrouaient pour
lui imposer silence, et lui demanda: «Que veux-tu que je
fasse pour toi?» (Lc 18, 41)

CE QUI DANS L'AMOUR SE COMMANDE

Le regard et l'écoute sont des gestes qui se comman-
dent. La pratique du regard et de l'écoute, la qualité de
cette pratique dépend de moi, de ma volonté, de l'orientation fondamentale de mon désir. Dans la mesure où je suis
fidèle au désir profond d'aimer, le regard et l'écoute sont
tournés vers l'autre, sans juger, par pur respect, comme si
ce regard ou cette écoute était le premier don à autrui.

Écouter désigne précisément le geste demandé par le
premier commandement, selon la formule que lui donne

Jésus dans l'Évangile de Marc. Au scribe qui lui demande: «Quel est le premier de tous les commandements?» il répond: *Écoute, Israël, le Seigneur notre Dieu est l'unique Seigneur, et tu aimeras le Seigneur ton Dieu de tout ton cœur, de toute ton âme, de tout ton esprit et de toute ta force.* (Mc 12, 29) Le premier commandement, pourrions-nous dire, est d'écouter Dieu affirmer au cœur de notre être qu'il est unique. Écouter Dieu me prier de lui ouvrir un espace dans ma vie pour qu'il soit librement Dieu et qu'il puisse affirmer qu'il est Amour et que sa toute-puissance est la toute-puissance de son amour.

L'autre dimension de l'amour qui se commande c'est, bien sûr, l'action. Elle prend de multiples formes, que je résumerais toutes par l'expression *prendre soin*. En l'employant, je songe au verbe anglais *to care*, qui me semble retenir quelque chose de la richesse sémantique du *carum* latin et de la *caritas* comme attitude entièrement altruiste.

Prendre soin d'abord de Dieu. Je dois à Maurice Zundel de m'avoir appris à regarder Dieu comme celui qui se confie à nous, se remet entre nos mains et nous prie d'être dans le monde les gardiens de sa présence. Dieu dont nous avons à devenir la Providence dans la vie des autres comme dans la nôtre. Il y a là, me semble-t-il, une attitude qui transforme la vie spirituelle. Ce n'est plus une vie centrée sur *ma* perfection, *ma* sainteté, mais plutôt portée par l'attention à ce qui arrive à Dieu par mes choix et mes actions. Va-t-il être refusé ou révélé? étouffé ou manifesté? rejeté ou accueilli? À la peur de ne pas réussir dans la vie se substitue progressivement la crainte que Dieu soit abîmé, que nous abusions de lui. «Aimer Dieu c'est vouloir le protéger contre nous-mêmes.» Cette phrase du romancier anglais Graham Greene, souvent évoquée par Zundel, exprime bien l'essentiel de cette attitude.

S'il est vrai que l'être humain est un chemin vers Dieu, il ne l'est pas moins que Dieu est le seul chemin vers mon prochain. «Si la vie de Dieu ne s'interposait pas entre les autres et nous-mêmes, dit Zundel en commentant l'Hymne à la charité de la première épître aux Corinthiens[2] (13, 1-13), il serait absolument impossible de les aimer.» Et il ajoute:

> Si donc la charité est au cœur de l'Évangile, c'est parce qu'au cœur de la vie, il y a une présence de Dieu. Dieu est la Vie de notre vie. Dieu est confié à chacun de nous. Dieu circule en nous et nous en Lui et toutes les vertus ne sont pas autre chose que le rayonnement de la Présence de Dieu dans notre corps ou dans notre esprit, dans notre conduite et dans notre action. C'est dans la mesure où Dieu s'incarne en nous, dans la mesure où nous Le laissons transparaître dans notre vie, qu'il y a un Bien véritable. Et justement c'est là la vocation d'homme, c'est d'incarner Dieu, c'est d'exprimer la Vie divine, c'est de devenir le Visage du Seigneur, c'est d'apporter dans toute la vie le rayonnement de Sa grâce et de Son Amour, c'est-à-dire que la Vie divine est le fondement de la nôtre et que la nôtre est enracinée dans celle de Dieu[3].

Sans ce rappel constant de l'unique racine de la charité évangélique, la voie de l'*agapè* proposée par saint Paul peut devenir un piège. «Si nous nous escrimons à sentir de l'estime pour des gens qui ne sont pas estimables, à éprouver de l'affection pour des gens qui nous sont antipathiques, nous aboutirons forcément à une caricature, nous prendrons une attitude qui sera un sacrifice et finalement nous enverrons tout promener dans le sentiment que c'est faux, irréel et mensonger. Mais l'Évangile ne nous demande pas du tout de faire des contorsions. L'Évangile nous situe au centre même du débat en nous révélant que notre premier prochain, notre unique prochain, c'est Dieu,

Dieu dans l'homme, Dieu dans l'univers, Dieu qui nous est confié en nous-mêmes et en chacun[4].»

Prendre soin de mon prochain. Prendre soin de cette possibilité fragile au cœur de tous de découvrir la Présence de l'Éternel Amour. Ce qui suppose la pratique d'un regard différent du regard tantôt pragmatique, tantôt objectivant de la vie quotidienne. Il s'agit d'un regard inspiré ni par la curiosité, ni par la convoitise, mais simplement par le désir d'être présent à ce qui, au-delà des apparences, constitue ce qu'il y a de plus sacré dans l'être humain. Il y a là rien de moins que la pratique d'une sorte d'oraison continuelle sur les autres qui nous rend attentifs à ce qui dans les autres, comme en nous, est la Source de la vie.

Prendre soin de mon prochain en cherchant à être pour Dieu un chemin par lequel il peut *toucher* mes frères et sœurs en humanité, surtout les plus pauvres, c'est-à-dire surtout ceux et celles qui n'ont rien pour se protéger contre la souffrance. La souffrance est omniprésente dans notre monde; elle inspire souvent l'incroyance, parfois le blasphème. Le respect infini avec lequel Dieu a choisi de nous traiter va jusqu'à prendre le risque de confier à ceux et celles qui croient en lui, à ses fils et filles, ceux et celles qui acceptent sa paternité amoureuse, le soin de réaliser sa promesse de bonheur. C'est sans doute dans cette perspective que doit se comprendre la mission de toute personne croyant en l'Évangile d'apporter la Bonne Nouvelle aux pauvres.

Prendre soin de soi. L'expression, je le sais, fait peur. Elle a une saveur *New Age* et fait penser à une religion à la carte dont le premier principe serait l'estime de soi. Cela ne devrait cependant pas nous faire oublier ce que Thomas d'Aquin disait de l'amour de soi, dont il comparait le rôle dans la vie affective à celui des premiers principes dans l'ordre du savoir: «Il est, écrivait-il[5], la forme et la racine de toute amitié.»Le principal obstacle à la foi en Dieu, nous l'avons suffisamment souligné, réside dans l'absence de foi en soi, et en définitive dans l'image appauvrie que nous avons de nous-mêmes. Il est difficile, quand on nourrit une telle image de soi, d'accepter vraiment d'être recherché par Dieu comme un être qui a du prix à ses yeux, de croire vraiment que Dieu a de la joie à ce que nous soyons et qu'il préfère que nous soyons plutôt que nous ne soyons pas.

Prendre soin de moi veut dire *préférer* en moi cette possibilité la plus haute qu'est ma capacité d'aimer. Je ne peux aimer dans les autres ce que je ne sais pas aimer en moi. Comment serais-je capable d'être présent à ce qu'il y a de plus sacré chez l'autre, à sa relation personnelle avec Dieu, si je ne vis pas de manière à entourer du plus grand respect l'espace sacré qui est en moi, auquel seul Dieu a accès?

LA DIMENSION DE L'AMOUR QUI NE SE COMMANDE PAS

Des trois dimensions de l'amour, le constat, le sentiment, l'action, la deuxième ne se commande pas. Et pourtant le sentiment n'est-il pas l'âme de l'amour? Enlevez le sentiment, pourrions-nous dire, et les deux autres dimensions de l'amour se transforment en tâches à accomplir pour se conformer aux attentes des autres. Quand, dans le film *Un violon sur le toit*, le héros demande à son épouse, après des décennies de vie conjugale: «M'aimes-tu vraiment?» et que celle-ci énumère toutes les choses qu'elle fait chaque jour pour lui, qu'est-ce qui explique l'insatisfaction de l'époux et l'oblige à reposer deux fois la même question? C'est sans doute que ce qu'il recherche par sa question c'est de savoir si son épouse éprouve encore pour lui de l'admiration, de l'émerveillement, de la joie, ou de la gratitude, bref si il y a dans son cœur un *amour senti.*

Tenzin Gyatso, le quatorzième Dalaï Lama, a évoqué récemment[6] le souvenir bouleversant de la rencontre d'un lama venu à Dharamsala après 20 ans de torture dans un *lao gai* chinois. Ce dernier lui confia que durant toute ces années, ce qu'il redouta comme le plus grand danger fut de *perdre sa compassion pour ses bourreaux.*

On pourrait croire qu'il s'agit là d'une conception tout à fait orientale de l'amour, où ce qui importe au-dessus de tout c'est la paix intérieure, le sentiment de ne pas être troublé. D'où la tentation, même chez un théologien bien connu, d'y voir une sorte d'*auto-érotisme.* Ce serait, à mon avis, ne pas comprendre le sens profond de la compassion, qui est au cœur du christianisme aussi bien qu'au cœur du bouddhisme.

Le sens profond de la compassion, je le trouve exprimé par l'écrivain catholique anglais disparu au début de mai de cette année, Donald Nichol, connu surtout par son beau livre *Holiness.* Au père G. W. Hughes, qui lui rendit visite quelques jours avant sa mort, il rappela la question qu'on lui posa un jour lors d'une interview à la radio: «De quoi avez-vous le plus peur?» et la réponse lui vint spontanément: «D'être sans compassion», car être sans compassion, ajoutait-il, c'est être coupé de tout le reste de l'humanité et de Dieu[7].

Ce qui ne se commande pas dans l'amour est pourtant ce que je cherche de tout mon être: rendre *hommage* à la bonté de l'être aimé. C'est cela que je cherche à exprimer par les deux autres dimensions de l'amour: le constat et l'action. Il n'est donc pas étonnant qu'il échappe à tout commandement. En ce sens, et en ce sens seulement, l'amour ne se commande pas. Mais ça se désire, ça se choisit, ça se demande, et ça se cultive. Il y a dans ces quatre verbes le programme de toute une vie.

L'AMOUR, ÇA SE DÉSIRE, ÇA SE CHOISIT ET ÇA SE DEMANDE

Dans les Exercices spirituels de saint Ignace, la démarche proposée au retraitant se termine par un exercice de prière pour obtenir l'amour. Il s'agit en réalité d'un exercice de contemplation visant à éveiller l'amour en nous, d'où le titre latin: *Contemplatio ad amorem spiritualem in nobis excitandum.* Au terme de la retraite, notre relation à Dieu s'est normalement transformée. Établie au début, au Principe et Fondement, sur notre choix de regarder Dieu comme notre souverain bien, que nous *devons* servir comme la fin dernière de notre vie, elle devient, au terme de l'itinéraire qui nous a fait méditer sur l'amour de Dieu pour nous, une relation à Dieu que nous *désirons* aimer, de cet amour, qui, pour saint Ignace, consiste dans «la communication mutuelle[8]». Tout se passe dans la retraite ignatienne comme si son but était d'éveiller en nous le *désir profond d'aimer* et par là de nous faire passer d'une spiritualité du simple devoir à une spiritualité du désir.

De l'amour, dont nous savons qu'il ne se commande pas, et par conséquent échappe à toute résolution de retraite, nous devons dire qu'il se *désire,* qu'il se *choisit,* et qu'il se *demande.* La demande d'aimer est la prière à laquelle Dieu ne résiste pas. Car le demander c'est exaucer sa propre prière: celle qu'il nous adresse au plus intime de notre être, nous suppliant de nous ouvrir au courant de son amour. Cette demande, la liturgie nous la fait adresser à Dieu, comme la demande de ce qui nous dépasse et que nous savons être ce pour quoi nous somme faits. Je songe plus particulièrement à l'oraison de la messe de l'Ascension: «Dieu qui élèves le Christ au-dessus de tout, ouvre-nous à la joie et à l'action de grâce.»

Pour demander avec sincérité l'amour, encore faut-il avoir *choisi* d'aimer. Tout être humain a un choix fondamental à faire, qui donne à son existence son orientation et son sens. Nous sommes des êtres qui ne se sont pas choisis et sont toujours déjà donnés à être; mais, en même temps, nous sommes des êtres qui ont à se choisir, par un choix qui n'est jamais donné d'avance. Ce choix fondamental, qui donne sens à notre existence, il y a bien des façons de le concevoir et de l'exprimer. Dans la *voie* proposée ici, c'est le choix d'aimer, c'est-à-dire de faire de mon existence un don, un hommage à la bonté de l'être: le mien, celui des autres, celui de Dieu.

Pour choisir l'amour, comme orientation fondamentale de l'existence, il faut l'avoir d'abord *désiré* profondément. C'est le désir d'aimer qui inspire le choix de prendre les moyens, parfois douloureux, pour grandir dans la révérence à l'égard des autres. Le choix du silence et de la solitude chez le moine, par exemple, n'a habituellement pas d'autre motif que ce désir d'aimer. Thomas Merton en est un bon témoin. Il écrit dans son journal de 1950: «C'est dans la solitude profonde que je trouve la douceur avec laquelle je peux vraiment aimer mes frères. Plus je suis solitaire, plus j'ai d'affection pour eux. C'est une affection pure, et remplie de respect pour la solitude des autres. La solitude et le silence m'enseignent à aimer mes frères pour ce qu'ils sont, et non pas pour ce qu'ils disent[9].»

Le désir d'aimer est dans notre vie comme une petite plante, la plus belle, la plus précieuse, mais aussi la plus fragile. Il est si facile de l'étouffer, de la meurtrir, en préférant partir à la recherche de ce qui satisfera notre besoin d'être aimé. Précieuse et fragile, elle doit être cultivée. Elle a besoin de soleil, d'air pur, d'humidité. Elle a surtout besoin d'être entourée de respect, d'être préférée aux autres comme possibilité la plus haute qui se trouve en chacun.

Comment cultiver le désir d'aimer? Par la pratique des deux dimensions de l'amour, dont nous avons dit qu'elles peuvent être objet de commandement: le constat et l'action. Par le constat, c'est-à-dire le *regard* et l'*écoute*; par l'action, c'est-à-dire la *parole* et le *geste*.

La pratique du regard et de l'écoute constitue la discipline indispensable à l'éveil et au déploiement du désir d'aimer. Elle consiste à refuser de réduire l'autre à ce qu'il fait ou à ce qui apparaît de lui. Regarder ou écouter l'autre en sachant qu'il est *plus* que ce qu'il fait, *plus* que ce qu'il dit de lui-même, *plus* que ce que les autres disent de lui. Préférer en l'autre, comme en soi, cette possibilité la plus haute qui est celle d'aimer et de répondre à l'Amour infini. L'affection envers l'autre s'éveille et se déploie par la reconnaissance de ce qu'il y a de plus beau, de plus précieux, également de plus fragile en lui: sa capacité d'aimer et d'entrer en relation d'amitié avec Dieu.

La parole et le geste forment une autre discipline indispensable à la culture du désir d'aimer. Il nous arrive parfois de nous surprendre à souhaiter que dans nos relations avec les autres nous puissions *sentir* que nous les aimons. Tout serait tellement plus facile, si au lieu d'éprouver de la tristesse, de la frustration, ou de la colère, nous étions portés par l'affection pour l'autre. Il en va de même dans notre relation à Dieu. Nous nous disons que si seulement nous pouvions *sentir* que nous sommes aimés de lui et que nous l'aimons, tout serait plus léger et notre vie quotidienne, si banale soit-elle, serait comme le vol de l'oiseau.

Devant ce genre de tentation, il n'y a qu'une recommandation qui soit vraiment utile et efficace: «Fais le premier pas.» Prends l'initiative de sortir de toi et de te faire proche de l'autre, de lui donner des paroles et des gestes de *bénédiction,* qui incarnent la bénédiction originelle du créateur et expriment la conscience que nous avons que l'autre a de la valeur et nous est précieux. La récompense de ton choix d'aimer sera précisément d'éprouver de l'amour pour l'autre. «Faites aux autres ce que vous voulez qu'ils vous fassent, car c'est la Loi et les Prophètes.» Et Maurice Bellet commente: «Ainsi, tout ce que disent la Loi et les Prophètes, je le saurai par mon désir, et le lieu de la vérité sera cette relation à mon frère où je serai pour lui comme je désire qu'on soit pour moi[10].»

L'un des mots français qui évoquent le mieux la réalité du *geste de bénédiction* est celui de *caresse.* Il semble dériver du latin médiéval *caritia,* substantif de *carus,* qui indique aussi bien le fait d'être cher que celui d'être précieux[11]. La caresse est le langage du désir[12]. Elle est comme le sacrement du désir d'aimer: elle le signifie et le cultive. Quand elle émane d'un cœur ouvert à l'amour infini de Dieu, qu'il cherche à communiquer comme une source, elle devient le signe et le sacrement de cet amour éternel.

Notes

1. Alain Durand, *J'avais faim... Une théologie à l'épreuve des pauvres*, Paris, Desclée de Brouwer, 1995, p. 14.

2. Maurice Zundel, *Ta parole comme une source*, Sainte-Foy, Éditions Anne Sigier, 1991, p. 211.

3. *Ibid.*, p. 212.

4. *Ibid.*

5. *Somme de théologie*, II-II, question 25, article 4, c.

6. Rapporté par Mary Craig dans «Buddhism's "Good Heart"», dans *The Tablet*, 17 mai 1997, p. 622

7. Dans la notice nécrologique de Donald Nichol, dans *The Tablet*, 17 mai 1997, p. 613.

8. Saint Ignace de Loyola, *Exercices spirituels*, traduits et annotés par François Courel, Paris, Desclée de Brouwer, 1960, p. 127, notes 230-231.

9. Thomas Merton, *The Sign of Jonas*, New York, Harcourt, Brace Co, 1953, p. 261.

10. Maurice Bellet, *Sur l'autre rive*, Paris, Desclée de Brouwer, 1994, p. 45.

11. Voir Piero Balestro, *Parler l'amour. La thérapie des tendresses*, Montréal, Médiaspaul, 1995, p. 89.

12. «Le désir s'exprime par la caresse comme la pensée par le langage», écrivait Jean-Paul Sartre dans *L'être et le néant*, p. 459, cité par Balestro, p. 95, note 1.

6

LE DÉSIR D'AIMER
COMME LUI A AIMÉ

«[...] l'Évangile n'est pas une voie parmi
d'autres. Il n'est pas en concurrence. Il
est le sel de toute voie; et tient en ceci:
l'amour du prochain poussé jusqu'au
plus lointain, et aux racines du plus lointain, l'amour de tout chemin d'homme.»
(Maurice Bellet, *Sur l'autre rive*, p. 50)

Il y a un aspect du désir humain qui a été fort bien mis
en lumière au cours des dernières décennies par les travaux de René Girard[1]. C'est ce qu'on a appelé sa *structure
triangulaire* et *mimétique.* On veut dire par là que le désir
humain s'éveille et se déploie par la *médiation* nécessaire
du désir exprimé par une autre personne. Ce qui suscite
notre désir, ce n'est pas l'étalage des choses, mais la médiation de quelqu'un, de sorte que nous désirons toujours
selon le désir d'un autre pris comme modèle.

L'imitation du désir de l'autre est indispensable dans
l'éducation et la culture. C'est par elle que l'enfant s'ouvre
aux valeurs spirituelles et grandit dans la recherche du beau,
du vrai, du bien. Cependant, dès que l'imitation porte sur
le *désir des choses* et leur appropriation, elle déclenche

rivalité, conflit et violence. On n'a qu'à se rappeler ce qui se passe dans le film *Les dieux sont tombés sur la tête*. Un Bushman du Sud de l'Afrique, à peine sorti de l'âge de pierre, trouve par hasard une bouteille de Coca-Cola jetée d'un avion. Personne de sa tribu ne sait à quoi cet étrange objet peut servir: l'un la fait miroiter au soleil pour en obtenir de jolis reflets; l'autre souffle dans le goulot pour en obtenir des sons musicaux; un autre s'en sert comme d'une sorte de rouleau à pâte. Mais vient un moment où, convoitée par tous pour ses multiples possibilités, l'objet sème la zizanie dans le village; à la vue de ce à quoi il peut servir et du prix qu'il prend chez ses usagers, tous veulent se l'approprier. Il faut qu'un homme aille le jeter dans l'abîme, au bout du monde, pour que la paix soit restaurée.

Pour se défaire de cette violence engendrée par le désir d'imiter chez l'autre le désir d'une chose et de son appropriation, la société a inventé un processus: celui de l'élimination d'une victime émissaire, tenue pour la cause de la violence. Ce processus serait, selon Girard, à la source de toute société et de toute religion qui lui sert de fondement de la vie en commun. Et le dieu d'une telle religion est toujours du côté de la communauté qui élimine la victime.

Cette perspective sur l'histoire permet d'entrevoir ce que Jésus de Nazareth introduit de radicalement nouveau. Il révèle, en premier lieu, que la violence est en nous et qu'au lieu de la reconnaître et de l'avouer, nous avons recours au processus sacrificiel pour l'éliminer. Sa mort sur la croix est précisément la conséquence de cette révélation intolérable pour ses auditeurs. Bien plus, elle en est la vérification en acte, puisque ses auditeurs se réconcilient en se débarrassant de lui; en ayant recours à la violence pour expulser la vérité au sujet de la violence, ils ne font que perpétuer le mécanisme sacrificiel.

Par le même geste, Jésus révèle, en second lieu, que Dieu n'est plus du côté de la communauté qui expulse la victime. Il est désormais du côté de la victime. Il n'est plus le dieu qui chasse l'homme du paradis, comme le décrit encore le livre de la *Genèse*. Il est plutôt celui que l'homme a le redoutable pouvoir d'expulser, comme le présente le prologue de Jean: «Il est venu chez lui et les siens ne l'ont pas reçu.» (Jean 1, 11)

Ce n'est pas tout. Jésus de Nazareth révèle en outre que le seul être humain qui puisse se proposer en modèle, sans donner prise à la rivalité mimétique, est celui qui ne possède rien. Lui seul peut dire aux autres «imitez-moi», sans risque de se transformer en rival fascinant. C'est pourquoi Jésus, libre de soi, parfaitement transparent à la présence de Dieu, dont il est l'incarnation, peut être présent à tous ses frères et sœurs en humanité, leur proposer de l'imiter, sans qu'il y ait risque de devenir un modèle fascinant, qui en même temps invite à l'imitation et l'interdit. Parce qu'il incarne la parfaite compassion de Dieu, il n'y a en lui aucune trace de compétition.

LA VISION CHRÉTIENNE DU RÉEL

Je ne puis être chrétien sans commencer par faire mienne la *vision* de Jésus sur le réel, pour qu'elle soit celle qui me guide et m'éclaire dans la vie. Il me paraît important de vérifier chaque jour si ma vision du réel est bien celle de Notre-Seigneur et comment elle est pour ma vie quotidienne source de liberté. Il existe un bon moyen de procéder à cette vérification; il consiste dans un exercice assez semblable à ce que nous appelions autrefois «l'examen particulier». Il s'agit de revenir, au terme d'une journée, par exemple, sur une expérience vécue où j'ai éprouvé une émotion pénible: colère, tristesse, déception, frustration; de revivre cette expérience en me rappelant l'événement et ma réaction à l'événement; puis de me demander quelle vision ou perception du réel a déclenché en moi ce sentiment, quelle a été ma perception de l'être que je suis, du sens de la vie, de ce que sont les autres pour moi, de Dieu même; et finalement de demander au Seigneur de changer ma vision, de la corriger, de la remplacer par la sienne. La vision qui guide la vie de la plupart des gens est une vision qui a été reçue tôt dans la vie et qui leur a été véhiculée par le comportement des adultes de leur milieu familial et scolaire, de même que par le langage qui circulait dans ce milieu sous forme de récits.

S'il est vrai que les récits de notre enfance ont largement contribué à façonner notre vision du monde, il ne l'est pas moins que les récits qui trouvent le plus de succès à la librairie ou au cinéma sont ceux qui nourrissent la vision du réel la plus répandue. On blâme souvent, et à raison, certains types de films pour l'influence qu'ils exercent sur le déploiement de la violence chez les gens. Mais pourquoi ces récits trouvent-ils un auditoire si étendu, sinon parce qu'ils expriment une vision du monde partagée par un très grand nombre? Comment expliquer, par exemple, les records d'assistance du film *Le parc jurassique,* sinon parce qu'il parle d'un monde où règne la loi de la *compétition par la force et la violence* et que, pour beaucoup de gens de notre temps, cette loi est la seule qui soit vraiment féconde et les force à produire ce qu'il y a de meilleur en eux?

Toute autre est la vision du réel transmise par les Évangiles. Le récit qui fait le mieux voir cette vision est celle du dernier repas pris par Notre-Seigneur, la veille de sa mort, avec ses amis. C'est le récit, pourrions-nous dire, qui nous fait le mieux saisir comment il s'y prend pour déraciner dans le cœur de ses disciples la compétition et pour les éveiller à la compassion. Aussi, pour le chrétien, ce récit restera-t-il, à travers l'histoire, le récit par excellence, la parabole qui illustre le mieux la vision du réel propre à Jésus.

LE SOIR DU DERNIER REPAS

L'évangéliste saint Luc, dans sa reconstruction de cette scène du dernier repas de Jésus (22, 14-39), évoque deux détails qui aident à en imaginer le contexte. Celui, en premier lieu, de l'aveu par Jésus du *grand désir* qui l'anime au moment de manger ce repas avec eux. Il n'est pas interdit de penser que ce grand désir c'est celui qui se dit dans la grande prière du Sauveur, que l'on trouve dans le quatrième Évangile: le désir de la *communion*. «Comme toi, Père, tu es en moi et moi en toi, qu'eux aussi soient un en nous.» (Jean 17, 21) Comme il demeure dans le Père, que ceux et celles qui croient en lui soient enracinés en lui, comme les sarments de la vigne, et qu'ils accueillent sa présence dans leur vie. Son désir profond est donc celui d'une communion faite d'*intimité* avec Dieu et de *solidarité* entre les êtres humains.

Le deuxième détail, qui aide à l'intelligence du contexte de la scène, réside dans le fait que ceux que Jésus accueille à ce repas sont des *pécheurs*. C'est de cette catégorie de gens que Notre-Seigneur aimait la compagnie;

les scribes et les pharisiens le lui ont reproché. Les gens qu'il reçoit à son dernier repas, saint Luc insiste pour souligner qu'ils sont des gens *comme tout le monde.* Il y en a un qui prépare la trahison (22, 21-23); durant le repas il s'élève une contestation entre tous pour savoir qui est tenu pour le plus grand (24-26); puis il y a Pierre qui reniera le Maître (31-34). Le Seigneur les accueille tels qu'ils sont, sans avoir sur eux d'autre attente que celle de leur fidélité au désir le plus profond que Dieu a mis au cœur de leur être.

Animé par ce désir de communion, Notre-Seigneur fait trois choses, qui sont comme les trois moyens qu'il leur donne pour réaliser la communion dans le monde. Il leur donne un *commandement nouveau,* il procède au *lavement des pieds,* il leur fait le don de l'*eucharistie.* Trois dons qui forment son testament à tous ceux et celles qui lui accorderont leur foi.

D'abord le commandement nouveau. C'est le dernier mot de Jésus. Ce qui étonne dans ce dernier mot, comme aimait à le rappeler Maurice Zundel[2], c'est que Jésus ne parle pas de Dieu, qu'il ne s'arrête pas à dire à ses disciples comment il faut se le représenter, comment le penser et le dire pour éviter à son sujet toute conception fausse ou inadéquate. Non, le dernier mot de Jésus est *d'aimer l'être humain.* «C'est à cela que l'on reconnaîtra que vous êtes mes disciples, si vous vous aimez les uns les autres, comme je vous ai aimés.» (Jean, 13, 35) Il demande à ses disciples de faire de l'amour de l'être humain le test, le critère, la pierre de touche de l'amour de Dieu. Il est conscient que le grand danger qui les guette est l'illusion de l'imaginaire, c'est-à-dire l'illusion de penser que nous aimons vraiment Dieu alors que nous aimons une image de Dieu par nous fabriquée. Le seul critère par lequel nous pouvons être certains de ne pas rater le vrai Dieu vivant qu'il nous révèle est l'amour de notre prochain, car il est impossible d'aller à Dieu autrement que par l'être humain.

2. Puis le lavement des pieds, manifestation par excellence de cet amour du prochain. Par ce geste bouleversant, réservé aux esclaves, Notre-Seigneur fait voir qu'aimer l'autre c'est l'éveiller à sa dignité, lui révéler sa vraie richesse, lui ouvrir les yeux et le cœur sur sa vraie grandeur. Aimer vraiment quelqu'un c'est lui révéler qu'il est plus que lui-même, qu'il n'est jamais seul, qu'il porte en lui la vie d'un Autre qui lui est confiée. Aimer vraiment l'autre c'est lui révéler qu'il porte en lui une Présence infinie, dont il est le sanctuaire et dont il a à prendre soin, comme d'un enfant qui lui est confié, et qu'il a à irradier comme un soleil intérieur, en nous source de lumière et de beauté.

L'image du serviteur s'agenouillant devant les douze pour leur laver les pieds sera sans cesse présente, à travers l'histoire, dans la mémoire des disciples de Jésus. C'est l'image du Fils de Dieu qui n'hésite pas à s'agenouiller devant les siens comme pour les déplier, leur faire reconnaître leur vraie dignité, et les ouvrir au Dieu vivant dont le sanctuaire est au plus intime de leur être. À la fin du deuxième siècle, Clément d'Alexandrie se servira, pour faire connaître Jésus, de l'image du *Pédagogue*. Le pédagogue, dans la culture hellénistique, était l'esclave chargé d'accompagner l'enfant d'une famille libre, de sa demeure à l'école, pour le protéger contre les dangers et pour le confier à l'enseignement du Maître. Le Christ est notre pédagogue, qui nous conduit et nous ouvre à l'enseignement du Père. «Ils seront tous enseignés par Dieu», avait-il dit, en rappelant la parole du prophète Isaïe (Jean 6, 45). Son rôle est de garder ceux que le Père attire du dedans, de les intérioriser et de les éveiller à la Présence qui les habite.

Pour aimer l'autre vraiment, j'ai besoin de communier à la vision que Notre-Seigneur a de l'être humain. Elle me fait d'abord reconnaître en moi-même ma véritable identité d'enfant de Dieu. C'est cette identité que Jésus me demande d'accepter. Parce qu'elle est ancrée dans l'amour éternel de Dieu, elle me rend libre et capable de rencontrer l'éloge et le blâme, les bénédictions et les malédictions, comme autant d'occasions de renouveler et de fortifier mon identité fondamentale. C'est cette même identité que le geste de Jésus me demande de reconnaître et de préférer chez autrui. Refuser de le réduire à ses apparences, à ce que l'on dit de lui, à ce qu'il fait, à ce qu'il dit de lui-même, pour préférer regarder sa possibilité la plus haute, celle de s'ouvrir à la Présence en lui de l'éternel Amour, c'est ce que le lavement des pieds, geste extrême posé par Jésus le soir du Jeudi Saint, nous donne à comprendre.

Enfin, le don de l'eucharistie. C'est dans la perspective du commandement nouveau et du lavement des pieds qu'il faut situer le don de l'eucharistie. Dissocié des deux autres dons, il perd son sens véritable, il devient aisément matérialisé, réduit à un viatique destiné à nous fortifier dans notre pèlerinage parsemé d'épreuves. Maurice Zundel va même jusqu'à parler du risque qu'il y a, lorsqu'on sépare l'eucharistie du *mandatum* et du lavement des pieds, d'en faire une idole autour de laquelle on *processionne*, alors qu'elle est «une exigence formidable, qui demande de chacun de nous qu'il se surmonte, qu'il se dépasse, qu'il fasse de son cœur un cœur illimité, qu'il accueille les autres au nom du Christ, en voyant en eux le Christ, et en leur donnant le Christ, par sa fraternité même[3]».

Quand nous refusons de séparer l'eucharistie du commandement nouveau et du lavement des pieds, nous en comprenons la fin: accomplir ce que Jésus espère de ses disciples, c'est-à-dire qu'ils aiment comme lui les a aimés. Qu'ils deviennent, comme lui, des présences réelles et vivantes dans le monde. L'eucharistie n'a pas pour but de rendre le Christ présent; il est toujours déjà là. C'est nous qui ne sommes pas là. L'eucharistie, comme le souligne encore Zundel, c'est «l'impossibilité d'atteindre Dieu sans passer par toute l'humanité, sans assumer toute l'histoire, sans s'ouvrir à toutes les douleurs, à toutes les solitudes, à tous les abandons, à tous les crimes, à toutes les misères, à toutes les attentes, à tous les espoirs[4]».

Chaque fois que l'eucharistie est célébrée, c'est Jésus ressuscité qui accueille autour d'une table, symbole d'hospitalité, de partage et d'action de grâce, ceux et celles qui croient en lui. La condition pour être invité à ce banquet est de n'exclure personne. «Si tu te rappelles que quelqu'un a quelque chose contre toi, laisse-là ton offrande, va te réconcilier avec ton frère.» Là, à ce banquet de l'amour crucifié, qui inlassablement veut rassembler en une famille tous ses enfants, le Seigneur nous apprend que c'est par et dans la communauté de ceux et celles qui croient en lui qu'il est présent au monde, et qu'il l'est d'autant plus qu'ils sont plus présents les uns aux autres. Il nous fait comprendre le vrai sens de notre vocation, que nous sommes tous comme du pain qu'il *choisit, bénit* et *rompt,* pour nous *donner* les uns aux autres.

Nous sommes là aux antipodes du monde de la compétition par la force et la violence, aux antipodes de la vision du monde qui inspirait, il y a quelques années, à un économiste d'une grande université américaine de soutenir que les millionnaires dans le monde sont le produit de la sélection naturelle, choisis par le destin pour exercer telle ou telle fonction indispensable à la société. Selon ce genre de vision, il y a les *élus,* que le destin sépare des autres pour un poste d'où tous les autres sont exclus. Il y a là une conception de la *vocation* qui est propre à la logique de la compétition: elle se caractérise par la *séparation* et l'*exclusion des autres.* «Il n'en sera pas ainsi parmi vous», a dit Notre-Seigneur à ses disciples. «Si je vous ai choisis, c'est pour que vous portiez du fruit et un fruit qui demeure.» Sans doute le fruit de la communion entre les humains. Mais comme c'est un fruit qui dépasse notre créativité, le Seigneur ajoute: «Alors, tout ce que vous demanderez à mon Père en mon nom, il vous l'accordera.» Et il conclut: «Ce que je vous commande, c'est de vous aimer les uns les autres.» (Jean 15, 14-17)

Cet appel à l'universel enveloppé dans l'eucharistie, il n'est pas exagéré de penser qu'il est fort peu entendu. Le Seigneur ressuscité, comme le présente l'*Apocalypse* (3, 20), se tient à notre porte et frappe. Je connais au moins trois manières de ne pas l'accueillir, trois formes de résistance à la proposition qu'il nous fait de *demeurer* en nous. Il y a d'abord celle de l'*éparpillement.* Je n'entends pas frapper à la porte, parce que je n'écoute pas, et je n'écoute pas parce que je suis pris par bien d'autres choses. Puis il y a la résistance de la *peur.* J'entends frapper à la porte, mais je n'ouvre pas, précisément parce que j'ai peur de l'étranger, de l'inconnu. Enfin il y a la résistance encore plus fréquente de la *volonté de tout contrôler,* surtout les allées et venues de l'étranger dans ma demeure. J'entends frapper, j'ouvre la porte, je le laisse entrer, mais je lui prescris les manières d'être présent et d'agir. Je le soumets à *mon* programme de vie.

Ce refus de laisser Jésus Christ être librement lui-même dans ma vie me semble constituer ma principale résistance à l'appel qu'il m'adresse dans l'eucharistie. J'ai parfois le sentiment de l'enfermer dans un placard, avec un bouquet de fleurs et un lampion devant sa porte pour rappeler aux passants l'hommage qu'ils lui doivent. Au lieu de le laisser transformer ma vie pour me faire devenir une présence réelle et vivante, continuant aujourd'hui son incarnation de l'Amour.

Notes

1. René Girard, *La violence et le sacré*, Paris, Grasset, 1972, 453 p.; *Des choses cachées depuis la fondation du monde*, Paris, Grasset, 1978, 496 p.

2. Voir notamment «Qu'avons-nous fait de l'homme?» dans *Ta parole comme une source*, Sainte-Foy, Anne Sigier, 1991, pp. 291-297.

3. *Ibid.*, p. 294.

4. *Ibid.*, p. 293.

7

LE DÉSIR DE DONNER UN VISAGE HUMAIN À LA COMPASSION DE DIEU

> «Pars en paix, tu auras une bonne escorte. Celui qui t'a créée a prévu aussi de te sanctifier: après t'avoir créée, il t'a toujours regardée comme une mère regarde son tout petit enfant.» (Sainte Claire d'Assise, citée par Michel Hubaut, *Christ notre bonheur*, pp. 25-26)

Devant la souffrance humaine, le désir se trouve radicalement mis en question. Il n'est pas rare qu'on l'accuse d'être à l'origine de toute souffrance. Apprendre à se libérer du désir serait la voie à prendre pour déraciner la souffrance dans notre monde et pour s'en affranchir. C'était la voie proposée par le stoïcisme ancien et sa recherche de l'impassibilité; c'est encore, d'une certaine façon, la voie du bouddhisme et de son appel à s'abstenir de désirer.

Cette voie témoigne d'une grande noblesse d'âme. Elle refuse toutes nos stratégies inventées pour nous protéger contre la souffrance. Ces stratégies qui ont toutes en commun la recherche de la satisfaction des besoins. Les besoins, on le sait, ont des objets précis auxquels ils s'adressent: l'avoir, le savoir, le pouvoir, le devoir[1]. C'est ce qui les différencie du désir qui est globalement désir d'être, de vivre et d'aimer. Miser sur l'avoir, le savoir, le pouvoir ou le devoir pour se préserver de la souffrance est ce qui caractérise le riche. Il a ce qu'il faut — du moins le croit-il — pour se protéger. Le pauvre c'est celui qui n'a rien pour s'offrir une telle protection, ni l'avoir pour s'évader ou s'isoler, ni le savoir pour se donner une explication du mal, ni le pouvoir pour faire intervenir des personnalités, ni le devoir pour se consoler par la satisfaction des besoins des autres.

Je persiste cependant à croire de tout mon être que c'est en misant sur le désir d'être pleinement, de vivre intensément et d'aimer chaleureusement que je puis me rendre apte à rencontrer la souffrance humaine et à y voir autre chose qu'une fatalité absurde imposée du dehors. En m'engageant sur la voie du désir, en prenant le risque du choix d'aimer, j'en arrive à donner un sens à la souffrance et à en faire, à partir du dedans, l'expression de l'amour.

Cela, bien sûr, je serais incapable de le penser sans la lumière de l'Évangile. Dans la sagesse de la croix, je trouve trois principes qui me sont d'une fécondité inépuisable, non pas pour expliquer la souffrance, encore moins pour s'en protéger, mais pour apprendre à la regarder comme expression possible de l'amour.

SI TU CHOISIS D'AIMER, ACCEPTE DE SOUFFRIR

Le dominicain anglais, Herbert McCabe, écrivit un jour que s'il avait à résumer en une phrase le message de l'Évangile, il dirait: «Si tu n'aimes pas, tu n'es pas en vie; si tu aimes, tu vas être tué[2].» Il n'y a aucun doute que lorsque je n'aime pas, je ne vis pas. Je suis un être qui trouve l'accomplissement de sa vérité dans et par la relation avec autre que soi. Je ne suis pas un individu qui a, entre autres possibilités, celle d'ouvrir une fenêtre vers les autres et d'échanger avec eux. Il est de l'essence même de mon être d'être en relation avec autre que moi.

Choisir d'être en vie, donc d'aimer profondément, c'est accepter de souffrir. L'amour d'une mère pour son enfant en est l'illustration la plus émouvante. Elle souffre du mal qui arrive à son enfant, encore plus du mal qu'il se fait quand il prend une route contraire à l'aspiration profonde de son être. C'est précisément ce que nous dit la croix de Jésus à propos de Dieu. Elle nous fait découvrir que Dieu nous aime comme une mère, qu'il est le premier à souffrir du mal que nous nous faisons et du refus que nous imposons à son amour infini.

De tous les êtres de l'univers, l'être humain est le seul qui peut, au sens strict, *se faire mal.* Il peut être à la fois auteur et victime du même mal, son bourreau et son prisonnier. Il suffirait d'évoquer les cas nombreux de dépendance à l'égard de substances chimiques ou autres pour reconnaître cette triste réalité. Les êtres vivants de la nature peuvent s'infliger le mal les uns aux autres, ou subir le mal qui leur est infligé, mais ils ne sont pas des êtres qui, au sens strict, se font mal.

Quand un être humain se fait-il mal, sinon quand il refuse d'aimer? Car par là il entre en contradiction avec l'aspiration la plus fondamentale de son être. Il étouffe en lui le désir d'aimer. C'est cela la *faute morale.* Elle est une action par laquelle je me fais mal en agissant contre le désir profond de mon être. Et pour une personne qui croit au Dieu de Jésus Christ, cette faute est plus qu'une faute morale, elle est un *péché,* car elle est un mal fait à Dieu. Pour celui qui croit au Dieu-Agapè, se faire mal c'est en même temps faire mal à Dieu. Puisqu'il nous aime, d'un amour dont seul l'amour d'une mère pour son enfant peut nous offrir une image, quand je me fais mal, je fais mal à Dieu, je rejette son amour.

Si c'est cela le *péché*, la *réconciliation* opérée quand le pécheur avoue son mal et sollicite le pardon a un sens très précis. C'est Dieu qui lui dit à peu près ceci: «Tu t'es fait mal et en te faisant mal c'est à moi que tu as fait mal, puisque je t'aime tellement. Mais je ne te réduis pas à ce que tu as fait. Je te considère, dans ton être, meilleur que ce que tu as fait. Va, ne pêche plus et veuille apporter aux autres le pardon que je t'accorde.» La réconciliation c'est Dieu qui nous remet debout. Il n'y a pas que le pouvoir de se faire mal qui distingue l'être humain des autres vivants de l'univers; il y a aussi le pouvoir *de se tenir debout*, sur ses deux jambes, la main libérée, non pour montrer ses *insignes,* comme disait Giraudoux, ni pour imposer aux autres des *consignes,* mais simplement pour faire *signe* qu'il est habité par la présence vivante d'un Dieu qui est don, accueil et communion.

Si tu choisis d'aimer, accepte de révéler le meilleur et le pire dans l'être humain

Ce qui a provoqué la souffrance et la mort de Jésus, c'est de toute évidence la haine et la violence de ceux de son monde qui ne pouvaient pas supporter la présence d'un homme juste et innocent. Pourquoi? Parce que sa présence leur révélait leur mal. Quel mal? *Leur refus d'aimer*. Leur refus de la possibilité la plus précieuse et la plus fragile en chacun, qu'il nous est si facile d'étouffer. Ils ne pouvaient pas tolérer cette révélation. Elle leur était insupportable.

C'est ce qui arrive chaque fois qu'une personne juste, intègre, innocente choisit d'être fidèle jusqu'au bout à son désir d'aimer. Je pense à l'exemple assez récent de Pierre Claverie, évêque d'Alger. Il avait choisi d'aimer le peuple algérien: les chrétiens comme les musulmans. Il ne cherchait pas à convertir ceux-ci, mais seulement à leur faire connaître la proposition du Dieu Amour. Pour les intégristes musulmans, sa présence était intolérable. Elle leur révélait leur mal, leur refus d'aimer, l'étouffement qu'ils faisaient subir à cette possibilité fragile en eux qu'est la possibilité d'aimer. On sait la suite. Au retour d'un service en mémoire des sept trappistes assassinés quelques mois plus tôt, il fut lui-même déchiqueté par un explosif placé dans sa voiture.

La croix de Jésus révèle à la fois ce qu'il y a de *meilleur* et ce qu'il y a de *pire* en chacun de nous. Ce qu'il y a de meilleur, notre désir d'aimer. Ce qu'il y a de pire, le refus de notre possibilité d'aimer. Il n'est donc pas faux de penser que chaque fois que je refuse d'aimer, chaque fois que j'agis en contradiction avec l'aspiration la plus fondamentale de mon être, chaque fois que j'étouffe en moi le désir profond d'aimer, je fais quelque chose qui continue le crucifiement du Fils de Dieu.

D'autre part, chaque fois que je choisis d'agir en fidélité avec mon désir profond d'aimer, je révèle ce qu'il y a de meilleur en l'être humain, et je contribue en quelque sorte à irradier la lumière de la croix. Est-ce que ce n'est pas cela *faire la vérité?* La vérité, comme aimait le dire Maurice Zundel, n'est pas *quelque chose*, mais *quelqu'un*, non pas une formule, mais une présence: la présence en chacun d'un Soleil intérieur, que je puis cacher, refouler, masquer, ou révéler dans toute sa splendeur. Devant la vérité, je suis comme le vitrail de la cathédrale; je dépends de la lumière du jour pour révéler le sens de l'univers. En étant fidèle à l'aspiration profonde de mon être, je fais la vérité et en faisant la vérité je détache Jésus de sa croix.

SI TU CHOISIS D'AIMER, TU VAS INCARNER LE DÉSIR MÊME DE DIEU

C'est le troisième principe de la sagesse de la croix qui nous apprend comment le désir d'aimer, si profondément ancré en notre être par Dieu, se transforme, à mesure qu'il est fidèle à son propre élan, en désir d'incarner le désir de Dieu, ou, ce qui dit la même chose, en désir de *donner un visage humain à la compassion de Dieu.* Pour entrevoir cette confidence qui nous vient de la croix de Jésus, il importe de commencer par rappeler le *silence* de Dieu devant la souffrance humaine.

Devant la souffrance qui afflige la personne humaine, sous des formes si nombreuses et variées, l'attribut de Dieu qui nous semble parfois le plus évident et le plus facilement reconnaissable est celui de son silence. Un silence qui parfois fait basculer le croyant du côté de ceux qui ne peuvent plus admettre qu'il y ait un Dieu. Que l'on pense à certains rescapés de l'Holocauste, comme de Dr Morgentaler, qui avoue avoir été conduit par l'expérience d'Auschwitz à rejeter le Dieu de sa tradition et à opter pour un humanisme dépouillé de toute transcendance.

Le silence de Dieu devant la souffrance a cependant un autre sens. Il exprime le respect infini de Dieu devant la liberté humaine et sa décision de confier à l'être humain d'être *sa parole.* Quelle sorte de parole? Non pas celle d'un discours. Devant la souffrance, je n'ai pas le droit de parler; je n'ai que le devoir du silence et de l'action. Un discours séparé de l'action ou une parole qui n'est pas le simple commentaire d'un geste, peut servir de masque pour cacher le vide de notre cœur et de notre esprit, et fait inévitablement écran entre l'humain et Dieu. La parole que Dieu nous confie d'être, devant la souffrance, est une parole dépouillée et transparente, comme toute parole d'amour vrai. À l'image et à la ressemblance de la parole de la croix.

À la source de la création de l'être humain, il y a, de la part de Dieu, le désir de partager avec autre que soi son bonheur éternel. Créer des êtres *différents* de lui, cela impliquait pour Dieu un risque énorme, devant lequel il n'a pas reculé: le risque que ces êtres différents deviennent *séparés* de lui. On sait que ce risque n'a pas été fictif. Très tôt dans son histoire, l'être humain a commencé à être l'auteur et la victime d'une sorte d'*inversion*. Il s'est replié sur lui-même, perdant ainsi la transparence de sa relation à Dieu et aux autres. De ce repliement sur soi a résulté une souffrance décuplée, comme cela arrive si souvent dans notre vie.

Mais Dieu n'a jamais renoncé à son désir de partager avec nous son bonheur. La voie qu'il a choisie est celle de l'incarnation, non pas pour en finir avec la souffrance, nous en libérer définitivement, mais pour en faire l'expérience avec nous, pour la vivre jusqu'au bout. Et pour nous prier d'accepter d'être, selon l'expression d'Olivier Le Gendre[3], «les chemins de sa tendresse, l'incarnation de son désir inquiet de soulager l'homme et de lui donner le bonheur». «Je crois que Dieu décide à chaque instant de notre temps, écrit-il, que ses promesses seront tenues par ses enfants, ne seront tenues que si ses enfants les tiennent en son nom. Non pas à sa place, mais en son nom[4].» «Chaque fois, ajoute-t-il sous forme de prière, que l'un de nous s'arrête à côté de celui qui souffre, chaque fois qu'un homme essuie les larmes de celui qui n'en peut plus de pleurer, chaque fois qu'il soigne une plaie, chaque fois qu'il accepte de se laisser atteindre par une souffrance, il est vraiment ton fils, en communion avec toi. Dans chacun de ces moments il te conduit à la place que tu as choisie et qui n'est pas, comme on le croit naïvement, dans un ciel haut, trop haut, comme impossible à atteindre, mais au milieu de ceux qui souffrent, parmi tes enfants attristés[5].»

Dieu confie à ceux et celles qui croient en son amour son désir de bonheur pour tous ses enfants. Le sens de son silence devant la souffrance humaine réside dans son respect infini devant les êtres humains, devant qui il s'efface et à qui il confie d'être parole. Il confie à ceux et celles qui croient en son amour d'être les révélateurs de sa *compassion*. C'est un attribut exclusivement divin. Il n'y a compassion que là où il n'y a aucune trace de compétition. Or en Dieu il n'y a aucune rivalité. Il est mystère d'absolue pauvreté et d'infinie générosité. Il ne peut être le rival d'aucun être humain. Il est présent à chacun, solidaire de ses peines et de ses joies, de sa souffrance et de son bonheur.

Dieu est solidaire de tout être humain. Rien de ce qui arrive au plus petit d'entre nous ne le laisse indifférent. Toucher à un être humain, c'est toucher à Dieu; faire mal à un être humain, c'est faire mal à Dieu; prendre soin d'un être humain, c'est prendre soin de Dieu. «J'avais faim, soif, j'étais un étranger, nu, malade prisonnier. En vérité je vous le dis, dans la mesure où vous l'avez fait à l'un de ces plus petits de mes frères, c'est à moi que vous l'avez fait.» (Mt 25, 39) C'est le premier aspect de la compassion du Dieu révélé en Jésus Christ. Il est le contraire d'un *absolu,* si l'on entend par ce mot, selon son étymologie, l'absence de tout lien. «Il est le lien par excellence, écrit B. Ginisty[6]. La compassion, c'est finalement une des formes que prennent les résistances du Christ et de l'homme à la fascination de l'absolu.»

Il y a un deuxième aspect de la compassion divine, souligné fortement dans la Bible. C'est la *sensibilité* de Dieu à la misère des hommes. Dans l'Évangile, le mot *splanchnizomai*, employé douze fois et uniquement pour décrire l'attitude intérieure de Jésus, signifie «sentir avec ses entrailles». Il rappelle le terme hébraïque *rahamim* employé dans l'Ancien Testament pour dire l'attachement qui unit Dieu à toute personne humaine; Dieu est sensible à notre souffrance; il la vit comme une mère ressent dans ses entrailles la douleur de ses enfants.

C'est cette compassion de Dieu qui attire ultimement notre désir d'aimer. Éclairé et éduqué par la sagesse de la croix, notre désir d'être, de vivre et d'aimer devient le désir d'incarner le désir de Dieu de soulager la misère de l'homme et de lui donner le bonheur. L'exploration de notre désir profond, au début de notre itinéraire, faisait un peu peur, persuadés que nous sommes que le désir est une force centripète, dont il faut se méfier. L'élan de notre être est cependant plus que ce que nous en percevons. Exposé à la lumière de l'Évangile, il se découvre comme l'aspiration de notre être vers l'autre et vers Celui qui est en nous source d'être, de vie et d'amour. Éclairé par la sagesse de la croix, il se comprend comme le désir du désir en Dieu du bonheur de tous les êtres humains. La peur qui, au début, paralysait le déploiement du désir s'est graduellement transformée en une crainte filiale d'abuser de Dieu, de refuser son amour, de refouler son désir du bonheur de tous.

On comprend dès lors que la voie du désir nous conduit à attester par notre vie que la vocation essentielle de l'être humain est de devenir le *gardien du désir de Dieu*. Ce qui suppose, bien sûr, que nous regardions Dieu comme celui qui se confie à nous pour que nous lui donnions de naître en nous et en notre prochain. Il y a dans la littérature religieuse de l'hindouisme une description des six degrés de l'amour humain pour Dieu, qui propose les étapes suivantes: l'aimer comme un maître, puis comme un père, puis comme un ami, puis comme un frère, puis comme une mère, puis, finalement, comme son enfant. Aimer Dieu comme celui qui croit en nous, met en nous son espérance, se confie à nous.

Dans ses mémoires recueillis en 1993, alors qu'il avait 89 ans, Gustave Thibon écrit ceci: «J'ai perdu le Dieu de mon enfance afin de mieux retrouver le Dieu enfant[7].» Le Dieu de notre enfance est, le plus souvent, un Dieu dont la grandeur est la grandeur écrasante de sa toute-puissance, au pouvoir de qui rien n'échappe. Cette image de Dieu, que nous fabriquons assez tôt dans la vie, elle est souvent fortifiée par le comportement et le discours de ceux qui sont responsables de la religion. C'est l'image d'un Dieu qui nous fait peur, mais comme nous sommes les seuls auteurs de cette image, nous sommes les créateurs de cette peur. Il n'y a rien comme le regard sur la croix de Jésus pour exorciser cette peur. Car elle nous fait comprendre que la vraie grandeur de Dieu réside dans le dépouillement de soi et le don de soi.

Elle nous fait également comprendre, devrais-je ajouter, que la vraie grandeur de l'être humain, celle à laquelle nous aspirons sans toujours le savoir, celle à laquelle Jésus cherche à éveiller chacun de ses disciples, consiste précisément à laisser transparaître dans sa vie, par la désappropriation de soi et la communication de soi, la présence du Dieu désarmé si près de chacun.

Notes

1. Sur ce point, voir les précieux éclaircissements de Yves Prigent, *L'expérience dépressive*, notamment p. 46.

2. Herbert McCabe, *God matters*, London, G. Chapman, 1987, p. 218.

3. Olivier Le Gendre, *Le cri de Dieu*, Anne Sigier, 1996, p. 178.

4. *Ibid.*, p. 46

5. *Ibid.*, p. 196.

6. B. Ginisty, «Itinéraire du maître au naître», dans P. Lévy, B. Ginisty, S. Benbabaali, *Nous sommes tous des idolâtres*, Paris, Centurion, 1994, p. 135, cité par Alain Durand, *op. cit.*, p. 52, n. 4.

7. Gustave Thibon, *Au soir de ma vie*. Mémoires recueillis et présentés par Danièle Masson, Paris, Plon, 1993, p. 190.

8

LE DÉSIR
D'UNE NOUVELLE HUMANITÉ

> «[...] ce désir fragile comme un enfant, s'il doit trouver sa nourriture et sa respiration doit aussi recevoir ces "soins suffisamment bons", cette sollicitude attentive et chaude qui lui permet de ne pas se laisser écraser par les pesanteurs et geler par les rigueurs.» (Yves Prigent, *L'expérience dépressive*, p. 256)

La recherche d'une spiritualité pour notre temps a été l'inspiration constante de cet essai. Or la spiritualité du désir que j'ai essayé de développer me semble constituer la seule voie pour résister efficacement au gâchis qu'est en train de produire une civilisation exclusivement régie par l'économie. Pour s'installer et réussir, cette civilisation qui est la nôtre réduit l'être humain à la somme de ses besoins. Et pour opérer cette réduction, elle doit veiller à exclure de la conversation sérieuse, avec une intolérance polie, toute intrusion d'une parole évoquant la transcendance de l'être humain par rapport à ses besoins et ses envies. Il en résulte, on le voit assez facilement, la destruction progressive du tissu humain, dont la formation a été le fruit de tant de siècles de culture.

Pour échapper à cet aplatissement de la personne humaine, qui fait de *l'individu* et de ses besoins le maître du monde instauré par l'économie, il faut une voie qui nous fait passer à un autre étage ou sur une autre rive où la *solidarité* avec tout être humain devient le premier principe de notre vie en commun. La survie de l'humanité va passer par le *communautaire*, nous disons-nous fréquemment, sans que nous puissions voir comment incarner cette évidence dans notre vie quotidienne. Comment effectuer la sortie de l'*individualisme* et le passage vers la conscience d'être responsable de la création d'une humanité où les êtres humains se rencontrent non plus comme des rivaux, mais comme des dons issus d'un Amour qui fait être?

Si la voie décrite dans cet essai me semble être la seule à rendre possible ce passage, c'est parce que la *communication,* la *communion* et la *communauté* ne sont jamais le résultat de plans définis ou de stratégies bien orchestrées. Elles sont plutôt le fruit de la *fidélité* de l'être humain à ce qu'il y a de meilleur en lui, sa possibilité la plus haute, son désir le plus profond, l'élan même de son être. La communauté à laquelle aspire l'être humain n'est pas un agrégat d'individus, une collectivité dont quelqu'un est membre dans la mesure où il se laisse conditionner par le discours de ceux qui occupent le sommet de la pyramide. La communauté que nous cherchons est le *milieu* où se rejoignent les personnes engagées à être fidèles à ce qu'il y a de plus sacré en elles et à chercher à mettre en commun, avec les autres, le don qu'elles sont.

À quelques occasions, au cours de ces pages, j'ai évoqué une autre voie, tout à fait différente de celle qui est ici proposée. C'est la voie de l'*abolition* du désir, tenu pour la source ultime de toute souffrance chez l'être humain. C'est une voie pour laquelle un nombre croissant de contemporains éprouvent un grand attrait. Je me souviens de Claude Lévi-Strauss, qui ne ressentait aucun goût pour la religion et avait choisi la voie du *savoir* pour réaliser le salut de l'humanité. Mais il avouait que la seule religion pour laquelle il avait un certain attrait était le bouddhisme, pour la simple raison qu'il propose une voie ayant en commun avec la pratique du savoir le souci d'abolir le *Moi* et de faire entrer dans la conscience du *Nous*. C'était, pour lui, une option intéressante face au judéo-christianisme qui, à son avis, avait inspiré en Occident la conception perverse de l'homme qui met le *Moi* avant la *vie* et la *vie* avant la *nature*.

Il est possible que je ne comprenne pas tout de cette autre voie, pour laquelle j'ai pourtant un grand respect, mais je ne puis m'empêcher de penser qu'elle confirme la conviction que j'ai tenté d'exposer dans cet essai que nous sommes fondamentalement des êtres de désir. Car qu'est-ce qui réclame l'*abolition* du désir, si ce n'est un désir plus profond: le désir d'être libre de soi, d'être affranchi du *Moi* qui nous enferme et nous asphyxie? La grande question pour tout être humain n'est-elle pas de savoir si et comment cette libération de soi est possible?

La Bonne Nouvelle annoncée par Jésus Christ c'est que cette libération est non seulement possible, mais qu'elle est offerte à tout être humain: la possibilité d'une *nouvelle naissance* et, dans la mesure où nous consentons à naître de nouveau, la possibilité de l'avènement d'une nouvelle humanité. Devant le monde gouverné par l'économie, trois voies, selon Maurice Bellet[1], ont été proposées depuis les temps lointains: *accepter* le monde tel qu'il est, *se retirer* de ce monde perçu comme illusion, ou *désirer* infiniment la nouvelle naissance. Désirer ainsi la nouvelle naissance de l'humanité, ajoute-t-il, c'est effectuer l'*acceptation* la plus radicale, non pas du monde, mais de ce qui est, et c'est en même temps effectuer le retrait le plus total puisqu'il est l'abandon dans le grand abîme de l'Amour[2].

La nouvelle naissance proposée dans l'Évangile est un échange de mon *Moi* avec celui du Christ ressuscité. Le *Moi* dont mon existence quotidienne est coiffée, ce n'est pas l'être que je suis et auquel je renvoie quand je dis *Je.* Le *Moi,* c'est l'image ou la représentation de mon être, une image que je n'ai pas choisie, que j'ai plutôt héritée de mon milieu et que j'ai installée comme centre de référence de toutes mes expériences. C'est ce *Moi,* hérité ou fabriqué, qui opère le blocage de mon désir le plus profond, m'empêche de devenir l'être que j'ai à être, établit avec les autres un rapport de rivalité, bien décrit par la célèbre dialectique du maître et de l'esclave, selon laquelle chacun impose aux autres la tâche impossible de satisfaire son besoin insatiable d'être aimé.

C'est à saint Paul que nous devons d'avoir compris comment la résurrection de Jésus constituait pour tout être humain la possibilité d'une nouvelle naissance. La présence en nous du Christ ressuscité constitue pour lui le trésor caché de sa foi. Il s'y réfère comme à ce qui peut servir de critère pour évaluer l'authenticité de la foi chrétienne. Il faut relire, à ce sujet, la réponse qu'il donne, dans sa deuxième épître aux Corinthiens (13, 3 ss), à la demande que lui ont faite des croyants de Corinthe: celle de prouver que c'est vraiment le Christ qui parle par lui. Saint Paul les invite à faire eux-mêmes leur propre critique et à se demander s'ils sont vraiment dans la foi; il leur propose de se soumettre à un examen personnel, où la question posée est très simple: «Est-ce que je reconnais que le Christ est en moi?» L'expression «revêtir le Christ», si fréquente dans les écrits de Paul, signifie autre chose que s'habiller de formules, de comportements, d'une discipline dont Notre-Seigneur serait le Maître. «Revêtir le Christ», pour lui, c'est rien de moins que «le laisser devenir le centre de ma vie».

Ce qui nous est proposé par Dieu dans la personne du Christ mort et ressuscité c'est, selon l'expérience spirituelle de Paul, une nouvelle naissance grâce à un échange de *Moi*. «L'amour du Christ nous saisit, écrit-il (2 Co 5, 14-15), quand nous pensons qu'un seul est mort pour tous et qu'ainsi tous ont passé par la mort. Car le Christ est mort pour tous, afin que les vivants n'aient plus leur vie centrée sur eux-mêmes, mais sur lui qui est mort et ressuscité pour eux.» Grâce au don de la présence du Ressuscité, il y a en moi un autre centre que le *Moi*; je suis désormais affranchi de mon repliement sur moi, libéré d'une vie centrée sur soi, et ma vie intime devient création d'un espace ouvert à Dieu et à mon prochain. On connaît les deux confidences de Paul sur ce qu'implique pour lui sa foi en la présence en lui du Ressuscité: celle de la lettre aux Philippiens (1, 21): «Pour moi, vivre c'est le Christ», et celle de la lettre aux Galates (2, 20): «Je suis crucifié avec le Christ, et si je vis, ce n'est plus moi, mais le Christ qui vit en moi.»

Je trouve chez Yves Prigent des pages lumineuses qui aident à comprendre l'expérience paulinienne de la libération de soi opérée par la présence du Christ ressuscité. Vivre, à son avis, requiert la foi, c'est-à-dire une mise en libre circulation du désir avec le primat de l'intériorité, du centrage sur la profondeur. Or le principal obstacle à la vie c'est le blocage de cette circulation, par l'enclavement du désir, résultat le plus cruel de notre peur de mourir et de notre refus de vivre. Mais l'enclavement du désir se fabrique de bien des manières. Voici ce qu'Yves Prigent nous dit à ce propos:

> Qu'il s'agisse de la dépendance affective où on attend que le désir d'un autre anime et donne sens à sa vie, qu'il s'agisse du conformisme où on compte sur la *vox populi* pour informer, orienter, je n'ose pas dire animer son existence, qu'il s'agisse de l'idéalisme où pour ne pas avoir à inventer chaque jour la navigation aléatoire du désir on se guide sur des préceptes, des croyances, voire des dogmes élaborés et diffusés par quelqu'un ou quelques-uns dont c'est la fonction ou le métier, dans tous ces cas on dénie à son désir, à son intériorité chaude et chantante, à sa profondeur enfantine d'être le moteur et la boussole de son histoire. On ne tue pas positivement l'enfant en soi, on ne tarit pas la source, on ne casse pas ses symboles, mais on enferme tout cela comme on enferme un enfant dans un cabinet noir pour rester entre grandes personnes raisonnables, pour parler des choses sérieuses[3].

Il n'y a que la rencontre de quelqu'un qui puisse désenclaver mon désir, me déplier de mon existence recroquevillée, me libérer de la tyrannie de mes peurs. La rencontre de quelqu'un qui me libère de moi-même dans la mesure où il m'ouvre à la présence en moi de Celui qui suscite l'émergence du désir d'être. C'est ce qu'effectue dans la vie du croyant la rencontre de Jésus ressuscité: un *passage* «de la faiblesse à une force renouvelée, de la nuit à la lumière, de la mort des besoins à la naissance du désir, de l'effacement de l'existence à la renaissance de l'être[4]».

Non seulement est-il «le plus grand désenclaveur du désir[5]», mais «l'incarnation même du Désir absolu», nous dit Prigent:

Un homme pauvre de Palestine a révélé Dieu par sa propre vie et lui a donné le nom et le visage de Père. Oui, cette présence intime et mystérieuse s'est trouvée manifestée avec un sombre éclat, une évidence ambiguë, une simplicité majestueuse, une grandeur enfantine chez un homme dont on a gardé le souvenir vivant sous le nom de Jésus. Cet homme s'est si bien identifié au désir, enfantin, mobile, réparateur, créateur, libre, capable de mourir pour ressusciter plus libre et plus souverain, récapitulant la vie et la mort, qu'on l'a reconnu comme l'incarnation même du Désir absolu. Jésus est tellement transparent à son désir que chacun peut y lire le Désir; «qui me voit, voit mon Père». La splendeur absolue, la force active, la présence vivante du Désir du Père se devine par transparence dans l'humilité vivante, mourante et triomphante du désir de Jésus. En cela cet homme est à la fois celui qui laisse entrevoir la puissance désirante, créatrice et réparatrice du Père[6].

Évoquant le «ce n'est plus moi qui vis, c'est le Christ qui vit en moi» de saint Paul, Prigent commente: «Sous l'effet de cette présence intérieure brûlante et pressante, les enclavements sautent, les stases circulent, les bras morts s'animent, les crispations lâchent, le discours cède la place à la parole, les besoins sont subvertis en désir[7].»

LE PASSAGE DU DEHORS AU DEDANS

Ce que la rencontre du Christ ressuscité opère de manière la plus évidente dans l'expérience qu'en font les premiers disciples, selon les témoignages des Évangiles, c'est qu'ils deviennent affranchis de leur peur, rassurés par une paix profonde, intériorisés, rendus capables de *se* dire dans une parole à son tour libératrice et par des gestes qui engagent tout leur être. C'est la pâque de Jésus, sa sortie du tombeau, son passage de la mort à la vie, qui se reproduit chez ceux et celles qui s'ouvrent à sa présence. Un passage du dehors au dedans.

Pour que ses disciples puissent devenir la *communauté* avec laquelle il va désormais s'identifier et qui va continuer sa présence visible dans le monde, il est nécessaire que ce passage s'effectue en eux. Car il y a deux manières de rassembler des individus: par le *dehors* et par le *dedans*. C'est par le dehors que sont habituellement unies les foules présentes à une compétition sportive, à une manifestation pour une idéologie politique ou contre la décision d'un gouvernement. Dans ce genre de rassemblement, les individus sont agglutinés les uns aux autres, mobilisés par le désir de la victoire, la peur de la défaite, la colère contre l'adversaire, bref par la passion, mais entre eux ils se connaissent peu et ne communiquent pas. Quand des personnes sont rassemblées par le dedans, comme à l'audition d'un poème ou d'une musique, elles commencent par se recueillir, se mettre en contact avec leur être, afin d'être présentes à la Beauté, et plus elles sont en contact avec elles-mêmes et présentes à la Beauté, plus elles sont en communion les unes avec les autres.

C'est par le dedans que Jésus ressuscité veut rassembler ses disciples et former la communauté qu'il regardera comme son corps visible. Une religion où les individus seraient rassemblés du dehors se caractériserait par le sectarisme et le fanatisme. Dans une telle religion — religion d'une *collectivité*, par contraste avec la religion de personnes formant une communauté —, les personnes n'ont pas accès à Dieu, sinon par l'intermédiaire de ceux qui sont au sommet de la pyramide. Dans une telle religion, il n'y a pas de mystique, il n'y a qu'une morale d'obligation. Une telle religion ressemble, disait Maurice Zundel, à un parti politique, avec son idéologie et un programme d'action. La religion nouvelle de Jésus n'a rien d'un *parti*; elle ressemble davantage, aimait à dire le même auteur, à une *partition* musicale, car seule est capable de la lire la personne qui est musicienne, c'est-à-dire qui participe à l'esprit de Jésus; puis, comme tout chef-d'œuvre, elle donne lieu à de nombreuses interprétations, selon le génie de la culture du croyant.

Notre-Seigneur avait laissé entendre à ses disciples dans son dernier entretien, la veille de sa mort, que c'est ainsi qu'il voulait les rencontrer, au plus intime de leur être, et les rassembler du dedans. «Il est bon pour vous que je m'en aille. Car si je ne pars pas, le Paraclet ne viendra pas en vous. Mais si je pars, je vous l'enverrai.» (Jean 16, 7) Il ne veut pas rester pour eux un héros fascinant, idolâtré des foules. Pour que ses disciples le découvrent vraiment, il lui faut s'effacer. «Vous verrez alors que je vis, et vous aussi vous vivrez. Ce jour-là, vous reconnaîtrez que je suis en mon Père, et vous en moi et moi en vous...» (Jean 14, 19-20)

Sans ce passage du dehors au dedans, la formation d'une communauté n'est pas possible. Car sans ce passage, il n'y a qu'un agrégat de *Moi;* il n'y a pas de *Nous.* Il n'y a de *Nous* que par le passage du *Moi* au *Je.* Et c'est précisément le passage que Jésus ressuscité opère en notre vie, nous rendant capables de découvrir Dieu comme Source de notre être, Vie de notre vie, Amour de notre amour, et capables également de rencontrer notre prochain non plus comme un rival, mais comme un don de l'amour créateur de Dieu.

Le récit des deux pèlerins d'Emmaüs représente sans doute l'illustration la plus émouvante de ce passage du dehors au dedans que la présence du Christ ressuscité accomplit chez ses premiers disciples. Ils sont tristes, déçus, frustrés par la perte de leur héros, celui dont ils espéraient la libération d'Israël. La mort de Jésus les a terrassés et ils sont engagés, à ce sujet, dans une discussion animée. Voilà que quelqu'un se présente: «Jésus en personne, qui s'approche et fait route avec eux.» (Luc 24, 15) Il les interroge sur le sujet de leur discussion et il écoute le récit que lui font les deux pèlerins étonnés de rencontrer quelqu'un qui n'est pas au courant de ce qui s'est passé et de ce qui est advenu à Jésus le Nazaréen. Puis il leur explique, à la lumière des Écritures, le sens de ces événements, comment ils réalisent les promesses de Dieu adressées à Israël. Les deux pèlerins lui offrent l'hospitalité, et une fois à table avec lui, à la fraction du pain, «leurs yeux s'ouvrirent et ils le reconnurent... mais il avait disparu de devant eux. Et ils se dirent l'un à l'autre: "Notre cœur n'était-il pas brûlant au dedans de nous, quand il nous parlait en chemin et qu'il nous expliquait les Écritures?"»

«Nous avons une peine infinie à prendre le tournant, c'est-à-dire à intérioriser Dieu», disait Maurice Zundel dans la dernière homélie qu'il prononça avant sa mort, survenue en août 1975. «Nous continuons presque toujours à le situer en dehors de nous comme une puissance qui nous domine, à laquelle il faut bien que nous nous soumettions, mais qui ne fait pas partie essentielle de notre vie, qui est un devoir, parfois ennuyeux, un devoir auquel on veut bien consentir en donnant quelques minutes à Dieu, chaque jour éventuellement, une demi-heure le dimanche, mais nous ne sommes pas pris au fond du cœur par ce Dieu qui nous demeure étranger, alors que justement la nouveauté de la Nouvelle Alliance, c'est de situer Dieu au plus intime de nous-mêmes, comme une source qui jaillit en vie éternelle[8].»

L'intériorisation de Dieu, pourrions-nous ajouter, suppose l'intériorisation de la personne humaine, elle-même inspirée par la présence en nous du Christ ressuscité. Intériorisation qui nous libère de nous-mêmes et nous rend aptes, selon les tout derniers mots de Zundel, à «laisser Dieu passer, nous communiquer sa Lumière, et [à] laisser Dieu donner aux autres, dans notre sollicitude humaine, la Présence adorable de l'Éternel Amour[9]».

INCARNER LE DÉSIR DE DIEU

Nous sommes des êtres de désir, ai-je constamment rappelé au cours de cet essai. Des êtres de désir que Dieu conduit par leur désir et à qui il révèle sa volonté par et dans leur désir d'être. Selon une expression proposée il y a une trentaine d'années par Françoise Dolto et reprise tout récemment par Éloi Leclerc, Jésus est pour nous, croyants, «le Maître du désir». Il est celui qui, dans sa recherche de fidélité au désir d'être, de vivre et d'aimer, n'a pas été arrêté par la peur. Il est celui qui propose à tous ses frères et sœurs en humanité de les éveiller à leur désir le plus profond, de les aider à le déployer, de leur montrer comment en faire la lumière de leur vie.

Déjà la méditation sur la mort de Jésus avait fait découvrir à notre désir d'être qu'il était, en son mystère le plus intime, désir de révéler la compassion de Dieu, désir donc d'incarner le désir inquiet de Dieu de soulager la misère des humains et de partager avec tous son bonheur. Voici que la méditation sur la résurrection de Jésus nous fait de nouveau comprendre que c'est bien là notre vocation essentielle: continuer, à sa suite, l'incarnation du désir de Dieu, de ce désir d'une humanité nouvelle où le chant de chaque être serait un chant de joie.

Notes

1. Maurice Bellet, *La seconde humanité*, p. 138 ss.
2. *Ibid.*, pp. 152-153.
3. Yves Prigent, *L'expérience dépressive*, p. 73.
4. *Ibid.*, p. 223.
5. *Ibid.*, p. 183.
6. *Ibid.*, p. 234.
7. *Ibid.*, p. 235.
8. Maurice Zundel, *Ta parole comme une source*, p. 230.
9. *Ibid.*, p. 233.

TABLE DES MATIÈRES

Collection

SÈVE NOUVELLE

Achevé d'imprimer
en novembre 1997
sur les presses de
Métrolitho

Imprimé au Canada — Printed in Canada